親密
陌生人

친밀한 이방인

鄭韓雅 정한아—著

黃子玲—譯

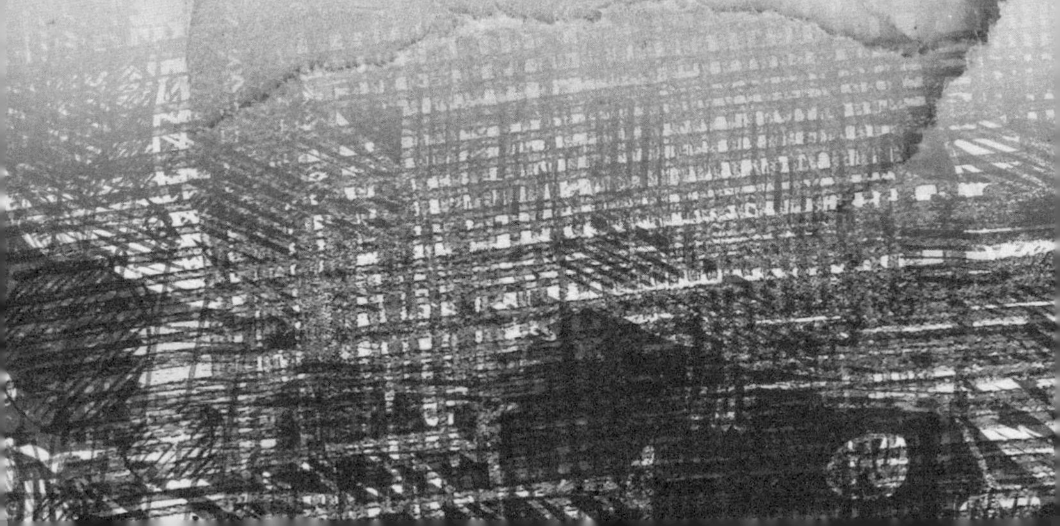

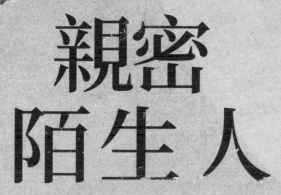

※本文將涉及部分關鍵劇情，請斟酌閱讀。

推薦序

經典詐騙家：真假參雜的天才

作家・許菁芳

《親密陌生人》是一本精采而易讀的小說，讀來也有電影般的畫面感，劇情片的多重轉折。值得讀者用一個下午的時間，盡情享受。主角李誘墨是個精采角色，因為她／他展現了騙子的經典特色。騙子通常不只騙一件事情。要能瞞天過海，一定是從小騙到大，從小事騙到大事，同一個騙局反覆演練，規模逐漸擴大、格局逐漸複雜。故事中，李誘墨騙局的起始點，其實不過是個將錯就錯的誤會——身為重考生，被名校學姊誤認為新生，你會說破、還是半推半就？一場無傷大雅的新生訪問，成為一個邀請，李誘墨加入校刊社，獲得記者重任。她在這所大學的生活越來越忙碌，她也越來越疏於照料她真實的重考生活。到最後，能否真的考進這間大學，似乎已經不再重要。她的虛假人設正式吞噬了真實人生，一種分裂、寄生的人格成型——李誘墨獲得了戴著面具經營虛擬身分的能力。從這裡開始，所有的騙局都成為可能。謊言雖是越來越大，但李誘墨的技巧卻是越來越熟練。

李誘墨的經典之處，並不止於此。她的故事很清楚地顯示一項反直覺的特色：欺騙的核心不是虛假，而在於真假參半。事實上，一個厲害的騙子若沒有點真本事，也假不得。世人批判政客、奸商，驚嘆於其一手遮天帶來禍事；但這些騙出大格局的人，其實從不是閒雜人等，他們是騙子的同時也是能者，是企業家、是天才、是領袖。騙局之所以能欺世，是因為他們的才識本領本來不俗，欺騙是疊加效果，投射再放大，才能捅出大婁子。以著名電影《神鬼交鋒》(*Catch Me If You Can*)為例，這是改編自真人真事的詐欺故事，其主角法蘭克·艾巴內爾(Frank William Abagnale, Jr.)從十六歲開始做職業詐騙，在二十餘國偽造超過兩百五十萬美元的支票，曾冒充為航空公司機師、大學教師、醫生、律師——但他確實是絕頂聰明之輩。十九歲時，他偽造了哈佛大學法學學歷，為了要圓謊，他匆匆在八週之內複習考科，在第三次考試時通過了路易斯安那州的律師考試。他雖說過無數謊言，但這次律師考試，是實打實的本事。

李誘墨也正是如此。她從小被富養，裁縫父親為她裁製最新流行服飾，培養她的時尚品味；她因緣際會接受鋼琴教育，獲得了音樂基礎與演奏架式。這些特質，都不平凡。是因為擁有這些不凡的經歷，也具備一定程度的眼光、才智，才能真假交替，盛開出精采的騙局。李誘墨考不上名校是真，謊報其大學身分是假，但她的好文筆與時尚眼光，卻又是真的。同樣的，她的演奏學歷是假，但她的鋼琴基礎又是真的，對學生的關心也千金不換。真假參雜，眼花撩亂，難怪她能在名校校刊社擔任時尚專欄的寫手，在美術館任職，也難怪她能騙過鋼琴教室的管理階層、大學的終身教育中心，一步步為自己打造出專業藝術家的完美形象——即使她從頭到尾，都只是一個熱愛打扮、出身平凡的高中畢業生。

李誘墨很有本事的這個事實，也帶來另一個道德警語：是騙子還是天才，只是一念之間，也只是一個選擇。差就差在那關鍵時刻，是不是願意對自己誠實，願意接下挑戰、承認失敗、再次面對考驗。天才之所以為天才，或領袖之所以成為領袖，當然不是一蹴而就，必然是經驗多次失敗，才終究累積出一份成功。但騙子不願意對自己誠實——要騙人，首先要騙過自己——不願意承認那第一次失敗，寧可別過臉去，假裝自己成功。李誘墨如果願意在最一開始被誤認為名校新生的那一刻，老老實實地回覆，我不是新生，並決志明年一定要以新生身分踏入校刊社；那整個生命故事將大不相同。更進一步地說，其實任何謊言都能夠終止，任何時刻都可以回頭，所有時機都是說實話的好時機。正因為所有時候都可以說實話，騙術之成就，在於每個時刻都選擇說謊。謊言必須要一個接著一個。於此觀之，天才與騙子之差，不過就是前者願意一次又一次誠實地接受失敗，一次又一次接受挑戰，讓天分有實現的可能；而後者，是一次又一次自欺欺人，在每一個分岔點都選擇再說一次謊。於是，到底，做騙子源於一種心理上的匱乏，不是沒有本事，也不是無法成功，是不信任自己的能力，也不願意承受挫折。所以選擇欺騙。

主角李誘墨最後一點精采之處——最令我歎為觀止之處——是在最後一個騙局裡，

她竟然把自己的性別都騙過去了。這一點雌雄莫辨之所以驚人，是因為李誘墨具備非常強烈的陰柔特質。舉凡時尚華服、藝術展演，以及她善於與人連結、使男人折服，在在都顯現她豐沛的女性能量。她操練其性別特質也相當熟練。事實上，李誘墨從偽裝成名校大學生、鋼琴家，到大學教師與醫師，不管在哪個階段，都能吸引到富有且具魅力的男性，承諾與她共度一生。而騙局的極致也就在這一點上迴轉。李誘墨在最後一次偽裝當中，竟然是以男性身分面世——連身為女性的天賦，都能夠被翻轉！

閱讀至此，我一方面折服於情節高潮迭起，另一方面，則深深同理李誘墨這個角色。做騙子是源於匱乏，也是一種缺乏自信。身為女性，我常感覺到深深植入在我性別角色之中的匱乏：沒有信任自己值得最好、最優秀、最傑出。諸如富可敵國、大權獨攬、曠世奇才這些讚譽之詞，似乎都跟我隔了一層距離。如果沒有真心信任自己可以獲得巨大的成就，那麼面對挑戰與挫折時，確實可能敗下陣來，也確實可能發展出其他的策略，以謊言來偽裝身分。從這個角度說，李誘墨的騙局本身與其性別相關(Her deceit is gendered.)。我深思：李誘墨是不是始終不覺得自己夠資格擁有什麼，才需要一路說謊？或者，換個角度思考：如果李誘墨是男性，他還會成為這個經典詐騙家嗎？或者，男性李誘墨騙得的東西，是不是會有根本的不同？這或許將是停留在讀者心中良久的題目。

Contents

1 遇難船

不久前的三月，我在看報紙時偶然看到了一則耐人尋味的廣告，廣告上寫著「尋找這本書的作者」，和占有整張報紙版面的小說片段一起被刊載了出來。雖然那只是一則會被輕易瞥過的廣告，但第一句話卻引起了我的注意，我不假思索地繼續往下讀，不久後便意識到那篇小說出自於我的手。

我驚訝地戴上眼鏡，試著從頭開始慢慢讀起那篇文章。如果我沒記錯，那是我在十多年前以匿名發表的第一本小說，印著書名《遇難船》的黑色書封模模糊糊地浮現在我的腦海裡。當時的我為了參加出版社的公開徵選活動寫了這本書，雖然是為了製造新鮮感才沒有公開自己的真名，但事實卻是沒有人在乎，最後連一句評審的短評都沒有，甚至連個負評都沒出現。

即使在正式出道成為作家以後，我也從來沒有公開說過那本書是我未曾正式發表的第一部作品，也沒有想過要重新修改原稿，最近的我甚至已經完全忘記了那本書的存在。簡單來說，那本書早已消失在我記憶的另一頭。

我從報紙上抬起頭，開始翻找書架的每個角落，但無論怎麼找，就是找不到那本書，也想不起到底是在哪裡、什麼時候弄丟的。如果要說曾經給誰看過那本書，我先生大概是唯一一個，我很想問他是不是還記得那本小說，只可惜他不在這裡。

先生在三個月前去了英國擔任交換教授，這裡和英國的時差有八個小時。在我們的婚姻完全走到盡頭前，我們決定試看看這種時差。在那些日子裡，我們即使在家裡碰見對方也會像眼神飄過家具或行李箱一樣忽悠過去。一個人在客廳裡的時候，另一個人就會躲進房間；一個人在餐桌上吃飯的時候，另一個人就會拿起杯麵到陽臺上吃……分居可以說是最好的選擇。

先生說要去英國的時候，女兒也立刻吵著要一起去，但她還只是一個七歲多的孩子，沒辦法托給先生全程照顧。在機場送別的時候，女兒哭得唏哩嘩啦，幾乎要昏過去，先生只好抱著她不停安慰，在登機口周邊走過來又走過去，我則在長椅上坐著，遠遠地看著他們的身影。

好不容易把哭到睡著的孩子交還給我以後，他才轉身離開。看著他那頭髮蓬鬆的後腦勺慢慢遠離我的視線，我總覺得這可能是最後一次看見他的背影了。然而讓這十年的婚姻陷入泥淖的人是我，不是他，我沒有任何辯解的餘地。

先生只帶了幾套衣服就走了，大部分的東西都還留在家裡，但即使如此，家裡還是有幾處空洞了起來。當天晚上，我因為那幾句沒頭沒尾出現在我眼前的小說句子整晚反覆不眠，似乎可以聽見從某處傳來的窗戶喀噠聲。我起身到小房間去看睡得正香的女兒，而下了一整夜的雨到了黎明才總算停了下來。

隔天一早，女兒拎著報紙走進廚房，我往她的碗裡倒了些麥片和牛奶，展開報紙開始讀了起來。一篇小說被刊載在和昨天一樣的版面上，延續著昨天的內容，儼然就是連載小說的態勢，我打了一個寒顫拋下報紙，撥了電話給報社的客服中心。

等了好一會兒，一個聲音明朗的女客服回應了。當我質問她怎麼可以在未經作者的同意之下刊登小說時，她反而回問我是不是就是原作者，在承認自己就是作者以前我還有一點遲疑，客服聽完後答應會在確認事實以後再跟我聯繫，說完便掛上了電話。

在家裡接到電話時是在那天下午了。送小孩去幼稚園以後，我正在讀著英文原文書，是為了翻譯一本得了諾貝爾獎的化學家傳記，但是翻譯進度一直落後。我之所以接這個自己並沒有什麼天分的翻譯工作，是因為急著找一份有收入的活來做，在這個婚姻隨時都可能畫上句點的節骨眼，我卻沒有什麼像樣的收入，最壞的狀況是我搞不好要像隻蟑螂一樣，啃食先生給的贍養費苟延殘喘過活。

我是一個已經出版過三本小說的職業小說家，雖然在英國取得了文學碩士學位，但靠那個卻沒有辦法讓我馬上找到一份正職工作，這個狀況目前為止還沒有造成問題的原因，都要歸功於早早就在大學站穩腳步的先生，然而明明是他越來越有能力，我卻越來越廢，但我還是任性地把兩個人的能力平均值當成是我的能力指標。

正當我一路跟著傳記作者爬梳著從麻省理工學院、加州理工學院畢業，一路進到NASA的精采科學家誕生故事時，電話響了。我一手扛著厚重的字典，用一邊肩膀夾著話筒接了起來，一位聲音清亮的女聲一字一句朗聲問我：

「請問您是那本小說的作者嗎？」

「什麼？」

「我是說《遇難船》那本小說啦，我們接到報社的聯繫，他們說您是寫那本小說的人。」

「啊……是的。」

我皺著眉頭，把話筒移到手上。

「我不知道你們是怎麼拿到我的原稿的，但我希望你們不要再隨便發表我的小說了。」

「但我怎麼能相信您就是真正的作者呢？」

電話那頭的女聲用充滿懷疑的語氣問我。

「不然您說說看吧，有出版社的人可以幫您證明嗎？」

我嗤之以鼻。

「嘿！那是我在學校前面的影印店印了二十份來發的印刷品，當然沒有什麼出版社。啊，我記得那時候還借用了影印店的名字在上面加了『時代出版』的字樣。」

短暫的沉默流淌在空氣中。

「那就先當作妳知道了，我先掛電話了。」

「……我先生說他自己寫了這本書。」

「……什麼意思？」

「他在六個月前失蹤了。」

女子著急地對我說：

「您能不能和我見個面？有些事想親自告訴您。」

女子告訴了我一家市區咖啡店的地址後隨即掛上電話，我連拒絕的時間都沒有，一時間愣住了，只能呆呆地望著電話，雖然想再打給她說我沒有理由跟她見面，但卻發現連她的電話都沒有。我整個下午都猶豫著是否要赴約，一直無心工作，同一句話寫了又刪，刪了又改，反覆了十幾次之後才總算決定動身出發。

我們約在光化門附近的「二樓咖啡」見面，午後的最後一縷陽光穿過窗戶長長地斜照進室內，一名女子看見了東張西望的我便起身招呼。她穿著一路延伸到小腿的黑色長裙，身材嬌小，稚氣的臉孔上刷著厚重的灰色眼影，看起來活像個模仿大人神態的少女，大約是二十出頭，頂多二十五、六歲的年紀，是個五官深邃的美人胚子。

「感謝您出來見我。」

女子向我伸出了手，小小的手帶著冰冷的觸感，讓我微微顫抖。她的名字單名一個「珍」，全名是鮮于珍，我們互道姓名後坐了下來。

「刊登廣告的人是我媽媽，她現在在病床上。其實我們已經幾乎要放棄找老師了，因為在各大報社輪著刊廣告都要一個月了。」

珍小心翼翼地看著我問道：

「我可以稱您一句老師嗎？」

「嗯，以妳方便的方式叫吧……」

我漫不經心地點了點頭。

「老師您是在什麼時候寫了那本書呢？我是說《遇難船》這本書。」

「大學畢業前，大四那時候，算起來應該是二〇〇三年左右的事。」

我也不知道怎麼地聲音啞了一半。

「您說那本書從來沒有被正式出版對不對？」

「對，沒錯。」

她表情淡定地把一本書遞給我看，看著上頭陌生的手寫字體，我整個人一時僵住了。

「這個是……」

「這是把老師您的名字換掉之後重新印刷的版本。」

黑色版面上燙印白色螺旋的封面和以前一模一樣，只是上面卻寫著「李由尚」這個名字。

「我先生說寫這本書是他人生中最驕傲的事，不管去哪裡都會帶著它。」

珍從書裡拿出一張夾在裡頭的照片。

「這個人就是我老公。」

這是一張映照著男子和女子，以及一個稚氣少年的照片，他們相互對看，像是看到什麼好笑的情景一樣一派輕鬆地笑著。只是她的先生雖然也跟著咧著嘴笑，卻不知道從哪裡流露出一股陰鬱的氣質，他的門牙略開，頭髮長得足以遮住耳朵，一雙杏仁形的眼睛也令人印象深刻，不過除了整個人散發了點黑色的光暈以外，大致上算是一個平凡的面孔。

「這個人您有沒有印象？」

我搖了搖頭。

「我第一次看到這個人。」

「再麻煩您仔細看一下吧，不一定要是男的，您有沒有認識哪個女生跟這個人長得很像呢？」

我抬頭看了看珍。

「妳不是說妳在找妳老公嗎？」

「對……是這樣說沒錯。」

「那妳為什麼說……」

「這不太好理解對吧？」

珍看起來像是突然情緒湧上，停頓了下來，把眼前整杯水都喝光後才終於又開口說道：

「這個人的本名是李誘墨，是今年三十六歲的女性。他[1]告訴我的名字是『李由尚』，在那之前是『李安娜』，反正沒有一個名字是能夠確定的。既然他連自己是女生的事情都能騙，名字、年紀應該也可能是隨便編出來騙人的吧，他這輩子用過數十個身分和假名，只留給我這本書和日記，半年前就給我搞消失了不見了。」

她低頭看了看擺在桌上的書後說：

「大家都說他應該已經死了，要我早點接受這個事實把他忘掉，但我實在沒辦法，這不是這麼簡單的事。」

珍看起來很疲憊，感覺在先生消失之後就沒有好好睡過覺了，雙眼腫脹充滿血絲的她看著我的眼神，就像看著一塊可以勉強支撐的浮木。那是在三月的最後一週，春雨稍歇，空氣清新的週二傍晚。

● REC

先生是個秘密很多的人，他總是把自己關在書房裡面寫著什麼，沒有經過他的同意絕對不能進到書房裡去，連孩子都不要想隨便進出那裡。我的孩子和他很親，雖然不是親爸爸，但沒有人比他對我的孩子更好。

我在十六歲的時候就生下了那個孩子，孩子的爸爸就是那種會被我媽大力反對的

1. 編註：此處以說話者珍的角度出發，說明丈夫的情況，因此使用「他」方便辨識。

男人，但我那時候正當叛逆，她說的話我一個字也沒聽進去，折磨我媽就是我當時唯一的目標。我爸媽在我出生前就離婚了，我從小就沒見過爸爸的臉，一開始還會想念他，到後來就慢慢演變成恨，總之我以為我永遠不會變成像他們那樣的父母，但後來我自己也生了孩子，才知道一切都沒有那麼簡單。和孩子的爸分開以後，我就再也沒有跟任何人有過親密的關係，雖然也試著談過幾次感情，但每次都無疾而終，一直到最後才遇到那個人。

我第一次見到那個人是在前年的冬天，在一個教會的聚會上認識的，他因為一些狀況待在我家住了幾天。無論是對待我那個性挑剔的媽媽還是我的孩子，他都非常親切。他身材瘦高，笑起來特別好看……說不定在那時候我就應該意識到哪裡不對勁了，像是特別修長白皙的手指、擅長和人聊天，還有總是能敏感地察覺周遭的人有什麼情緒……現在回想起來，「他」和一般的男人太不一樣了，可能因為是個作家，他知道很多事，連星座運勢都很熟悉。他說他是天蠍座，而我是雙子座，我們兩人的星座剛好互補。對啊，我知道這些聽起來很傻，但那時候的我卻覺得這一切都是上天給我的重大暗示。

我猜您現在大概會想要責備我，問我怎麼可能跟他在同一個房子裡一起生活還結了婚，卻完全沒有察覺到他是女生的事實？這我倒是想反問您看看，那麼……您怎麼能確信枕邊人是男的還是女的呢？我想這時候應該就會問到性事對吧？……其實我們沒有做過，在交往的時候也沒有太深的親密行為。有一次他非常困擾地提到這件事，他說沒辦法從肉體關係中獲得什麼滿足感，我們雖然沒有針對那檔事聊得太久，但我感覺得到背後可能是有什麼複雜的因素造成他那樣。總之我沒有把這件事想得太重要，啊……也可能是那時候我反而害怕把這個問題往太深入的方向去想吧。我們是無話不談的好朋友，我在認識他以前從來沒有遇過想法那麼契合的朋友，我不想因為床事的關係就錯過這個人，反正一段關係裡面，性那檔事，過幾年就會最先凋零了，不是嗎？

儘管我們之間沒有性關係，但我們卻是比誰都還要親密、緊密的戀人。兩性之間的情感關係很難用一句話去定義，不同的戀人之間各自會有不同型態的關係，根據那些關係也有不同的幸福基準。他每天晚上會躺到我的旁邊跟我說他一整天發生過的事；一有時間我們就會帶孩子一起去爬山或看海；在我毫無來由感到憂鬱的日子裡，他會坐在鋼琴前面彈優美的蕭邦小品給我聽，他就是這麼一個讓我覺得每個微小的瞬間都很充實的人。

當我們的婚事被提起的時候，他連一刻也沒有猶豫就說好，我在想孩子跟他很親這件事大概也起了很大的作用，我自己是在不健全的家庭中長大的，我不想給孩子過一樣殘缺的人生，所以那時候我一股腦相信我們的婚姻會是讓每個人都幸福的一條路。但是我媽卻不那麼想，因為他只是一個窮小說家，除了那本不怎麼出名的小說以外也沒有別的作品，所以很晚才知道我們關係的我媽當場就把他從家裡趕出去了。不管怎麼說，那都是我媽的房子呀，所以我就只好跟著他也搬離我媽家。大約有一個月左右的時間，我們都躲著我媽過活，又因為身邊沒什麼錢，日子過得很苦，但是我從來沒有經歷過像那些日子一樣，每天醒來就深深感覺自己好好活著的時光。最後我媽還是放棄了，她向我們妥協，也終於接受了我們的婚事。

他是在俄羅斯出生長大的，父母都是傳教士，而且在不久前過世了，所以婚禮上他的親人一個也沒有來，只有一個住在俄國的堂親打了通電話祝福我，還用航空快遞寄來了結婚禮物，是個鑲有紅寶石的俄羅斯娃娃，一看就是很貴重的禮物。

結婚那天他和兒子穿著一樣的燕尾服，可能是因為緊張，結婚典禮上他一句話也沒說，連主婚牧師開他玩笑說新郎長得跟新娘一樣好看都沒有笑。那場在教會舉辦的典禮和我一直以來夢想的一樣素樸美好。我身上有一筆爸爸留下的遺產，一直以來都在媽媽那裡保管著，說好我結婚後就會轉贈給我，我其實是想著要和他一起帶著孩子去俄羅斯過生活的，我們約好在貝加爾湖附近清幽的小村開間民宿，這就是我們的計畫，當然我也把拿到的遺產全部都交給他保管了，可是在婚禮舉行不久後他就不見了，我的錢他一點都沒碰，只是整個人突然就消失了。

那天早上我莫名從涼意中醒來，睜開眼睛卻發現他不在身邊，去了書房一看，房門大開，書桌上擺著一疊紙。我往他平常坐的辦公椅上坐下，讀起那疊文件。起初我以為那是他寫的小說，上面是個滿有趣的故事，故事中的女主角換了好幾個身分——鋼琴教師、大學教授、甚至自稱是醫生——女主角前前後後換過三個不同的男人，一直謊報虛假的身分詐騙過活，劇情的最後她還整個人脫胎換骨，以一名男性小說家的姿態出現。一開始在讀那篇手稿的時候，我還以為這單純只是個異想天開的小說創作，但之後也慢慢察覺了什麼，因為小說裡面提到主角的太太連主角是女生的事都一無所知，也寫到這位太太有個年紀很小的兒子，甚至還描述主角的丈母娘是個出身教育背景、很有野心的人……這些全部都是我們的故事——那些我們一起經歷的事、同行過的地方、共同認識的人——全部都毫無誤差地被寫在那個故事裡面，只有他是女生這件事不一樣而已。

真相大白的那一天，就像有人往我背上直挺挺地捅了一刀，我的全身像是從頭到腳被切成了兩截般痛苦。我闔上雙眼，等待這把真相的刀帶走我的生命，然而下一秒我卻反而感覺蒙蔽我雙眼的陰影被抹去，現在一切都真相大白了，他之所以對過去三緘其口、每當我靠近他的時候他就會像是被嚇到一樣躲開刻意保持距離，以及突然離開我們……種種跡象都像散落的拼圖般自己找到該去的位置。

從那之後，我就開始追蹤起那個人的過去，但顯然那些日誌就是他自己一生的紀錄。換句話說，他在用謊言灌醉我和孩子之餘，一直以來都在沉睡的牆另一側寫著自己真實的故事。發現這些事的我一開始當然非常氣憤，但氣到後來就整個人虛脫，再也打不起精神，隨著時間過去，我心裡就只剩下一個疑問。對於他到底逃去哪裡、為什麼把我當成他的提款機、是不是有計畫的刻意接近我……這些事說實在都不重要了，重要的是他到底為什麼要留這些日誌給我看呢？這是我唯一想問的。他只要狠下心來，要在走之前把那些日誌處理掉有的是機會，但他卻像在展示一樣把日誌大方擺在書桌上，就像是刻意要我去讀它們一樣，這個舉動是不是又是另一個瞞天大謊？還是代表著他的一絲懺悔呢？

如果他有出手動過我的遺產，哪怕只是一點點，我都會把他當成一個單純的詐欺犯，把他徹底忘掉，但他沒有從我這邊帶走任何東西。老師您既然是真正的小說家，我想您應該比我更清楚怎麼看人對吧？那個人這樣一走了之到底是什麼意思呢？我們在一起的時間又算什麼呢？更重要的是，他到底為什麼要把那個故事留給我？

我兒子到現在每天晚上還是會寫信給他，希望他能趕快回來。有時候我會覺得這一切都是一場夢，就好像六個月前我突然陷入了一個很深的夢，一直在惡夢中睡睡醒醒的感覺，有時候我會在黑暗中感覺到他來找我的氣息，但縱然我向他伸手，抓到的也只是一場虛空，我無論在哪裡都找不到他的存在，只有他那悅耳的鋼琴聲和旋律不斷隨風飄來，一直在我耳邊旋繞，那些聲音每天晚上都會響起，幾乎要把我給逼瘋了。

*

離開咖啡店回到家時，女兒已經睡著了，四十幾歲的中年朝鮮族保母用她特有的表情板著臉看我，要我提早結算這個月的薪水，說是家裡突然有事不能繼續做了。當我氣得怪她怎麼可以這樣突然一走了之，她卻突然眼淚潰堤，說她的母親突然過世了，一邊哭還一邊拉著我哭訴了一番。雖然這一切都很明顯是她的謊言，但這樣的謊卻逼得人沒辦法反駁，我無話可說，最後還不得不包一筆慰問金給她才好不容易把她送走。把保母送走以後，我連衣服都還來不及換就倒進沙發裡，頭痛得不得了，因為明天下午幼稚園放學以後我就找不到人可以幫忙看孩子了。

如果是以前，我早就打電話回娘家找媽媽了，只是娘家在去年父親被診斷出胃癌以後就徹底分崩離析。這件事發生的時候，父親從退休紀念會上收到的祝賀花束都還來不及凋謝——胃癌第四期，醫師要我們做好最壞的準備，收到死刑宣告的爸爸和媽媽從醫院走了出來，在穿著住院服的病患聚在一起曬太陽的花壇前面，母親突然停下腳步。

「你和我離婚吧。」

就一個拿現實打趣的玩笑話來說，可能再也沒有比這個更讓人心驚肉跳的時刻了。父親聽了母親的話捧腹大笑，笑到眼淚都掉了出來，好一會兒他才終於止住了笑重新挺起胸膛，這時候空氣裡感覺有什麼被淨化了，原本嚇人的悲哀感也稍微退去，父親看著跟著他一起走了一輩子的母親，嘴角漾起微笑默默牽起她的手，但媽媽卻不領情，還默默地把牽著的手抽了回來。

「我不是在開玩笑，你放我走吧。」

這之後不久，母親很快就收拾好行李從家裡搬出去，她透過律師傳回來的離婚事由是「個性不合」，並要求離婚的時候要分到和父親共同登記的望遠洞公寓和仁川集合住宅的大筆持股。父親氣得像憤怒的神一樣發狂大吼，他大聲嚷著：「扯什麼個性差異呀?!這不過是她不敢說要拋棄無能又重病的老公才掰出來的藉口罷了！」他邊吼邊氣得掄起拳頭砰砰敲打自己的胸膛。在神學院擔任《舊約聖經》專修教授的父親一次面臨退休、癌症確診，以及中年離婚通報，簡直就是實現了老年悲劇的大滿貫，一瞬間他就和人生同樣支離破碎的約伯一樣悽慘。此後母親一個人去了歐洲旅行，回來之後就搬到終身未婚的阿姨家住，就算我們打電話給她也不接，傳訊息也隔好久才會回，我們的日子變成這樣也已經快一季過去了。

隔天一早，我帶著孩子去了爸爸家，打算讓爸爸幫忙照看孩子一天。父親每兩天會請看護來家裡一次，每餐都叫外送，點上面貼著有機農標籤的便當來吃，他還特別跟我誇耀過說這些都可以在智慧型手機上點一點就完成了。父親還說他的抗癌治療很有進展。也不知道是不是靠著他「不能只有我一個人去死」的傲氣和意志維生，那天的爸爸看上去特別有活力。據說母親隔三差五就請人送離婚協議書過來，這讓父親對母親的心情已經超越埋怨，到達了接近怨恨的境界。於是當父親老淚縱橫地要我在他上離婚法庭的時候幫忙作證，我只能含糊其詞，隨便搪塞過去，匆忙逃離那個家。

我一個禮拜會有兩次到京畿道外圍的一所大學擔任通識課的講師，課程名稱叫作「文學的讀寫訓練」，上課時間主要是在午休過後的自由活動時間，有些學生甚至會旁若無人地趴下去睡覺，多數學生別說是「閱讀」了，對「寫作」也是一點興趣也沒有，我只能像是在一個等候長途公車到來的冷清候車室裡，一個人像是在背誦一樣，叨叨絮絮著已經反覆教了好幾年的課程內容。

用文字儲存下來的文學作品曾經一度被我當成是人生的《聖經》，以前有段時間我認為一篇小說的力量足以殺人也能救人，但事情真的是如此嗎？因為在過去七年裡面，我沒有心力閱讀，也沒餘力動筆寫作，但即便是這樣，我也沒有死，因為我懷孕生子了，還得繼續育兒才行。這一切的過程對我來說像是跨欄比賽中的數百道欄架一般，我必須一步一步披荊斬棘跨過去，歷經絕望、復原，又再次摔跤、破碎、絕望……當然這些並不是狡辯，因為沒有女人有辦法透過育兒經驗為自己的工作經歷上加上一筆。

春天裡的校園木蓮花盛開，風景美不勝收。上完課學生都離開之後，我從講義室眺望著窗外雪白的花朵，想起了那個女子——李由尚、李誘墨，或者還有更多名字的那個女人。她連音樂學院的周邊都沒靠近過，卻能以鋼琴教授的身分擔任教職，甚至還有能力送一大批的學生去參加鋼琴大賽；她還有另一個身分是沒有醫師資格證的醫師；另外同時還是三個不同男人的妻子、一個女人的丈夫，這聽起來簡直是天方夜譚，但對我來說最不可置信的是在這個活著呼吸都費勁的女人人生中，《遇難船》這個作品到底是怎麼被攪和進去的？

《遇難船》這部小說描述一個年輕的潛水員在偶然之間接到搜查海底遇難船的工作，以及在搜查過程中發生的故事。那名潛水員沒有固定的工作，只是熱中於環遊世界，並且以在海底尋找任何有用的東西為樂。有次他被聘請去搜查在地中海小漁村附近觸礁的一艘客船，在同樣的搜查專案中有另外三名專業潛水員因為類似的原因一起加入，於是他每天就和其他潛水員像親兄弟一樣勾肩搭背，感情很好地一同潛入水底搜查。

穿過水草和岩石，以及素色的大批魚群，他們終於得以進入沉沒在海底深處的那艘遇難船，潛水員們必須小心翼翼地閃躲船內尖銳的金屬碎片、破碎的陶器和到處散落的雜物、鐵塊物，以及撥開積得厚厚一層的沉積物才能進入船內狹窄的通道。他們的工作正是要在這艘船內一一搜索三百多間的客房，用微弱的照明設備照亮每個房間角落，以便收集散落在各個客房裡面的遺失物。潛水員的搜查行動從一開始就不太順利，整艘船被詭譎的氣息籠罩著，每次潛水員和他的同伴出水時都感覺到頭痛欲裂、喘不過氣，最後不到一週的時間，一同入水的同伴都一一辭去工作離開漁村，搜查三百多間客房的工作因此變成他一個人的任務。不過他其實也知道自己一個人在偌大的遇難船內搜索空房這件事對自己也帶來了不太好的影響，但基於某種莫名的原因，他就是沒辦法放棄這個工作。每當他在海底深處打開鎖住的房門往裡頭探索時，都會被莫名奇異的恐怖感和焦慮侵襲，那些一點光都透不進來的漆黑空間就像是沒有瞳孔卻睜開的雙眼，默默地盯著他看。

整個夏天裡他按照房間次序，在艙底打開一間又一間的空房，在裡面找到已經破舊不堪的一只運動鞋、帽簷展開的紳士帽、鑲著贗品寶石的手鏡、破掉的奶瓶，再把這些都帶出水面，然而這些都是毫無意義的東西，他每天反覆拿起這些東西來端詳，連夢都沒有做地睡去，持續過著從睡夢中猛然驚醒的日子。

當一個夏天結束，持續很久的搜查行動總算邁入尾聲時，靠著搜查的報酬，潛水員手裡已經攢了一大筆錢，可以去所有想去的地方，想要在海上遨遊多久也都行，但是他卻不知道應該要去哪裡。他試著想過自己到底想要什麼、想要成為什麼樣的存在，但是無論怎麼想都沒有結論，這時候他才幡然醒悟，徹底知道自己其實就是一個空虛、沒有用處的存在。那艘沉潛在大海深處的遇難船、船艙內散落各處的附屬物，以及海水中載浮載沉失去形體的海藻一類——這些其實就是他自己的寫照。

這個青年從此在小村落中銷聲匿跡，沒人知道他去了哪裡。其實打從一開始他就不是會吸引任何人注意的人物，只是不久以後，卻發生了一件讓他再次成為人們嘴邊話題的事——一群喜歡夜間潛水的潛水客在負重深潛的時候發現了沉沒很久的遇難船，在那個到處都被腐蝕損壞、海草攀附的遇難船中，有個物件吸引了潛水客的注意，那是在傾斜的船桅上懸掛著的白皙船帆，在連一縷光線都照射不到的黑暗海底深處觸礁的船上纏繞著的船帆竟顯得雪白奪目，就像正要揚帆出航的那一刻、鼓起的船帆在映照下，在水面上搖曳著。

寫那本小說的時候，我剛剛經歷失戀，結束一場十七歲就開始糾纏不休的戀情，對方到處亂傳關於我的謠言，把我說得好像私生活非常亂，但其實我和他之間連那種搔癢般小鹿亂撞的感情都沒有過，我在假高潮中成長，得到的只有孤獨又寂寥的成人滋味。無論如何，那段關係就像慢慢湮滅的火種一樣落幕了，我的情緒也沒有受到那些在背後亂傳的混亂謠言影響，只是分手之後我突然多了用不完的時間，這讓我有些無所適從，就像沒有期限的長假一樣。因為沒有地方可去，也沒有事情可以做，於是我就開始著手寫起了小說。在寫那部小說的時候我每天都熬夜，但全身就像有用不完的活力一樣一直保持在有點興奮的狀態，那時候的我還特別覺得那個興奮的感受就是幸福，我還能一直往前走下去，我的意志堅定不移，感覺還可以再談大概十二遍失敗也沒關係的戀愛。

只是當時我不知道，看似永無止境的喜悅泉源很快就會乾涸，我將會為了找那一點水珠跪下地來舔舐地面。

走出校園入口的時候，電話響了，先生打來的，是為了拜託我去處理一些跑銀行之類的雜事和公務，他用談公事的語調吩咐，我也用平淡的語調應答，之後他問了一下孩子的近況，我簡短地分享了孩子最近的事後，他問我有沒有其他想要講的。他每次都問一樣的話，而我卻一句回答也沒有，他只好含糊地說了幾句寒暄後就掛上了電話。

在他去英國以前，負責我們的心理諮商師說對我們夫妻而言，我們之間需要的不是對話，而是信任。去年的狀況幾乎是最糟的，我們就像事先打賭看誰可以沉默更久一樣緊閉嘴巴過日子，有時候明明一起待在家裡一整天，彼此卻連一句話都沒有。他怨恨我，而我則是瞧不起他——這兩句話把主詞對換大概也成立吧。總而言之，在他去了英國以後，他至少開始打起了形式用的問候電話，現在我們就像住得很遠的親戚一樣希望對方過得好而已，沒有更多了，再多也不關心了，我們在大陸之間劃出了一道新的休戰線。

再下一個禮拜，我全心全意處理翻譯工作，但卻還是一點進展都沒有，在這個禮拜中我的腦海裡沒有再浮現《遇難船》和那個失蹤男子的事——實際上是一個女人、騙子，說出口的每句話都是謊言的人。

我知道這會「留有後患」。我沒寫小說已經七年多了，雖然以作家來說我已經處於停業狀態，但寫作的手感並沒有消失，我知道這是個寫小說的好題材，而且我想寫這個小說。更精確一點來說，我想要讀那個我即將寫出來的故事。我相信只要能寫作，一切都會好轉的，我停滯的人生會重新開始的，我到那時候都還沒有全然放棄希望。

在那個禮拜的最後一天，我傳訊息告訴珍說我想跟她見一面，她馬上就回了信：

「那就跟上次同個時間、在同一個地方見面吧。」

我們在上次那個叫「二樓」的咖啡店見了面，珍穿著刺繡雪紡衫搭配藍色的休閒寬褲，說是剛下班。她的工作是在這附近的嬰幼兒照相館幫人照相。

「您說您有話要說。」

珍問我。

「對……抱歉突然找妳。」

「是跟那個人有關的事嗎？」

「對，就是。」

我稍微停頓，這似乎讓她身體顫抖了一下。

「不管是什麼事，趕快告訴我吧！」

「就跟妳知道的一樣，我是小說家。」

我把雙手放在桌上。

「但是我有很久沒有寫東西了，光是坐在空白紙前面，我的眼前就是一片空白，什麼東西都寫不出來，我這個樣子已經有好幾年了。」

我欲言又止，每句話都試圖放慢語氣緩緩道出來。

「但是上個禮拜和妳見面以後，整個禮拜我都好像被什麼東西困住一樣，沒辦法擺脫那個故事，好奇的事情也越來越多，我想知道那個人反覆說謊和做偽證的中間有什麼特別的起因，也想知道這個故事的開始和結局。我並不是在講我覺得故事有多有趣，而是我覺得這好像是某種猜謎的過程。」

「您剛剛是說猜謎嗎？」

珍眼神伶俐，她看著我反問道：

「您現在是說您想要幫我那個先生寫小說嗎？」

「對，如果可以的話。」

「啊，這就是您今天找我來的目的呀……」

珍看起來一臉失望。

「我今天是想來拜託看看，不知道是不是有機會看看他留下來的日記。」

她把視線轉向窗外。

「……我不知道……那個人不知道會不會想要被寫。」

我們一時陷入沉默，我焦急地緊握雙手。過了一會兒珍才抬起頭來對我說：

「好，但我有一個條件，您的小說都寫好以後，可以先給我看看嗎？如果我不同意，這本書就不能出版。」

「嗯，我答應妳。」

「我會給您看他的日記，如果還想看他別的東西，我也可以再寄給您。」

幾天後，用紙箱裝著的包裹送到了，裡面有李由尚留下來的書、筆記、電話簿和文件等等，還包含六本日記。一直過著冒牌人生的那個女人會寫日記這件事本身聽起來就很諷刺，不！也許為了要好好圓謊，寫日記正是她特別需要下功夫的事也說不定。原本用手親筆寫在筆記本裡的日記，在她搬進珍的家之後就改用電腦記錄了，原稿是一疊用文件夾捆起的散落白紙，看起來就像隱藏著天大的秘密一樣特別奪目，封面右下方一個小小的筆跡寫著「李誘墨」這個名字，我再次回首這個名字，那是一個什麼都感覺不到，空碗般無謂的名字。

在我身旁看著紙箱內部的女兒察覺紙箱深處裡有個俄羅斯娃娃而驚叫出聲，那是個木雕做的少女娃娃，穿著俄羅斯傳統服飾，上頭還鑲有華麗的寶石裝飾。我和女兒一起把俄羅斯娃娃一個一個打開排在客廳的地板上，人偶裡面有另一個小一點的人偶，在那裡面又有一個更小的人偶……直到看到最後人偶縮小到花生般大時，我心裡邊想著「不會吧？」一邊把娃娃的肚子翻開來看，這一打開裡面居然還有一個紅豆般大小的少女人偶掉了出來，這只娃娃和其他笑容燦爛的少女們看起來有點不一樣，我把它放在手掌上仔細盯得兩眼發直，但不管怎麼看都看不懂那個神情。

2 憂鬱纏身的鋼琴師

李誘墨是在西服裁縫店裡出生的。五月，天空和綠蔭正美的晚春，母親正在為每天辛苦工作、沒有休假的丈夫準備點心，卻在端東西的時候突然覺得下腹一陣疼痛痛暈在地，做裁縫的父親嚇得魂飛魄散，連忙把妻子攙扶到堆滿布料的沙發上躺著。雪白的進口棉布一下就被血的鮮紅給沾濕了。西服店對面的舶來品店老闆娘聽見慘叫聲驚惶不已地跑來，一看狀況馬上就意識到事情的嚴重性，她急忙翻開產婦的裙子，一邊氣急敗壞地對裁縫師吼道——你老婆都要生了，居然還讓她幫你準備吃的和打雜！都不覺得丟臉嗎？——舶來品店的老闆娘急吼吼地催著裁縫師傅，說孩子就要生了，要裁縫師傅趕忙帶妻子去附近的醫院。這時魂都掉一半的裁縫師傅才急忙拉起產婦，像背著一頭獵物一樣把她扛在背上，但這時產婦已經沒辦法移動了，小嬰兒的頭在她全身沾滿鮮血的胯下若隱若現。

舶來品店的老闆娘一臉悲壯，要裁縫師傅把大門關上。在這個到處布滿灰塵和線頭的裁縫店裡，唯一算得上乾淨的地方就屬丈量尺寸用的試衣間了。裁縫師傅把產婦搬到試衣間後便按照吩咐燒了水，拿來幾條乾淨的布料，兩人合力在二十分鐘之內就把孩子給拉出來了。產婦當場昏了過去，裁縫師傅用埃及出產的絲綢把初生嬰兒包起，那是個手指腳趾都完好無缺，非常健康的女孩。

這個孩子被取作李誘墨，隨了裁縫師傅母親的名字，那是一位把兒子丟在孤兒院，除了一本印有自己名字的存摺，什麼也沒留下的母親。裁縫師傅沒有受過教育，從小就在附近美軍營區內的西服裁縫店裡進進出出，跟著師傅學了點技術，後來因為裁縫技術純熟的緣故，到了三十歲時才有辦法成家立業，建立一個還算體面的新婚家庭。和他一起在孤兒院長大的妻子是個患有先天性聽力障礙，智力停留在六、七歲左右的女子，但她反而因為這些因素，每天都過得像在夢中花園裡散步般幸福，因此裁縫師傅對妻子的身心障礙並沒有任何不滿。

結婚十年，他們兩人之間都還沒有孩子，裁縫師傅的心中隱約覺得，或許是他自己沒有那個「條件」吧，他可能沒有成為父親的條件——心情不好的時候就會任意對孩童施暴的孤兒院院長，和那個一點零用錢都不給、十年多來只會使喚他做事的西服裁縫前輩——這兩個人就是他唯二的男性典範，讓他實在連想像的空間都沒有。裁縫師傅不眠不休地長年工作賺錢，到了三十歲時才總算如願開了一家附近最大的西服店，這幾乎可以說是所有孤兒院出身的人心中都懷抱的夢想。

他雖然是個見識過人生酸甜苦辣的專業裁縫了，但當他以四十五歲的年紀老來得子，看著春天裡出生的女兒，心裡還是很難不被一股微妙的感受動搖。其實在事情發展到這一步以前，他還天真地以為妻子的身體只是變得有點臃腫而已，想都沒想過有孩子的存在。因為夫婦兩人都不太會寫國字，出生證明還是由對面舶來品店的老闆娘兒子幫忙代寫的，裁縫師傅對此非常感激，還特地親手為他縫了一套西裝。

之後那個孩子沒有得過什麼大病，就這樣平安健康地長大了，只是她比其他孩子還更晚開口說話，因為每天陪伴在她身邊的母親連一個完整的句子都沒辦法好好說完，而父親則本身就是很沉默寡言的人，那個家安靜得就像默劇電影一樣無聲無息。有時候那孩子會從睡夢中突然驚醒，嚇得渾身發抖，往往是因為她在夢中偶然聽見的各種聲音穿牆而來，夜總會隆隆作響的音樂聲、女孩對軍人們的呼喊、酒瓶在牆上砸出的破碎聲……出入夜總會的女子們一天到晚在裁縫店進進出出，為的是來租借參加派對用的洋裝或是出入宴會的華服，其中一個常客蘿拉特別寵愛裁縫師傅的這個小女兒，每次到裁縫店的時候都會輕撫孩子的頭髮、逗弄她的臉頰，對小誘墨的大小事發表意見。這個很晚才學會開口說話的孩子，第一個吐出口的詞就是「蘿拉」，幾乎可以說是蘿拉這個女孩把誘墨從無聲的世界給拉出來的。

李誘墨在長成一個眼珠深邃的少女之時，一直都是父母寵愛的中心，裁縫師傅非常疼愛這個獨一無二的女兒，對她的願望予取予求。到了冬天，他會親自參考最新流行的女裝趨勢，為她做袖口和衣襬都接有蓬鬆貂毛的喀什米爾大衣，這在當時是俄羅斯公主等名流會穿的冬季華服，蘿拉看了身穿這件大衣的李誘墨，給她取了個「安娜絲塔莎」的小名，從那之後，李誘墨在整個鄰里間就經常被這麼叫：安娜絲塔莎，那個想要什麼就有什麼的少女。

同班同學跟著她去家裡玩的時候，看到塞滿玩具的房間都驚呆了，做工精緻漂亮的進口洋娃娃多到滿溢房間地板，幾乎一踏出腳就會踩到一只。李誘墨和朋友分享了家裡一大堆的美國進口糖果和巧克力，也把穿膩的鞋子和洋裝分送給朋友們，到了傍晚才吃飽喝足從那個家離開的孩子們，隔天一早到學校就開始大聊特聊她們在李誘墨家看到的景況。各種傳言中，其中一個孩子公開證實了李誘墨的父母看起來就像爺爺奶奶一樣蒼老，後來李誘墨找到了那個散布傳言的孩子，再也沒有讓她回到自己的小團體中，於是那個形單影隻的孩子就只能每天自己吃午餐，最後也黯然轉學了。

與住在那個鄰里的大多數孩子一樣，李誘墨已經習慣在美軍和夜總會女子的圍繞下長大。父親忙著工作時，李誘墨會自己去幫那些女顧客拿衣服出來，或在旁邊幫她們試裝，那些穿著亮麗宴會服和晚禮服的女子們看起來就像童話書裡走出來的公主一樣。蘿拉的夢想是嫁給美軍少尉男友，並和他一起搬去美國，她無數次向李誘墨複誦自己的夢想，包括她以後會住的房子、開的車，還有那群婚後生的藍眼睛孩子。她是如此懇切，聊起夢想時彷彿是在懷念自己留在美國的東西一樣，非常鮮活。總之，她取代了李誘墨的母親，是唯一一個告訴她什麼是夢想和希望的人。

一九九三年，蘿拉成為整個鄰里議論紛紛的事件主角——她被包含情人在內的五名美軍輪姦，當場窒息而死。當時年僅十三歲的李誘墨親眼目睹了蘿拉的死亡，雖然大人們站在她的四周全力擋住她的視線，但光是從人群之間的微小縫隙就足以讓她看到事件的現場。蘿拉住在一個只有五坪大小的月租套房，李誘墨也經常去串門子。她的屍體以一種古怪的姿勢倒臥在房間裡，那是黃色的頭髮被大把扯去的蘿拉、發青的臉孔腫脹得無從辨識的蘿拉、雙腳被紅色繩索綑綁的蘿拉，以及全身上下無處不被凌辱過的蘿拉……李誘墨眼睛眨都不敢眨地把這一幕全都看在眼裡。這時突然有個呼喊聲傳來，有人伸手抓著她的胳膊把她帶回了西服店。正在燙衣服的父親抬頭瞥了她一眼就隨即撇開了頭，母親則在他旁邊用失魂落魄的表情盯著電視上播的電視劇。電視什麼聲音都沒有，李誘墨一言不發地回到家裡，她默默躺在冰冷的地板上，一直到隔天都動彈不得。

後來李誘墨的身材明顯長高許多，明明沒有食慾吃得不多，但身形卻像植物一樣迅速抽高，每到夜晚她的小腿肌肉會莫名抽動讓她幾乎無法入睡。父親親手幫她做的俄羅斯風大衣很快就不合身了，她對玩洋娃娃和帶朋友到家裡玩的這些事也已經失去了興趣，反而開始沉迷起鋼琴練習。李誘墨自小就開始跟隨父親的常客，美軍將領夫人學鋼琴。菲莉普斯夫人是一位身材窈窕的四十多歲愛爾蘭白人，畢業於一所知名的音樂學校，罹患了憂鬱症的她為了轉換心情，開始帶著部隊附近的孩子彈鋼琴，但因為她的教學方式實在太過哲學化，許多孩子堅持沒多久就跑了——那是一種一整年就只坐在鋼琴前面模擬彈琴姿勢的教學方式。

儘管菲莉普斯夫人是因為克服不了低潮才離開舞臺，跟著丈夫到全世界各地工作，但菲莉普斯夫人在歐洲是受過正統教育的鋼琴家，她鄙視那些以訓練肌肉之名，一天敲兩小時「卡農」的鋼琴訓練，相反地，她更重視用完全放鬆的手彈出的輕盈聲響。她強調只有用這種方式彈出的琴聲才能滲透到空氣的各個角落，也深信一個真正的鋼琴師要能夠營造琴聲消逝的瞬間才行。於是在無數次練習模仿水滴落在琴鍵的瞬間之後，李誘墨已經能夠彈出比誰都還要錯落有致的斷奏和透明的連奏，但能夠讓她好好從頭演奏到尾的曲子卻沒有幾首，因為菲莉普斯夫人要她在腦海中的音樂能夠鮮活浮現出來以前，絕對不准碰琴鍵。

菲莉普斯夫人的憂鬱症惡化搬回本國前，李誘墨有長達五年的時間來往她家。這段期間裡，李誘墨學會了基本的英文會話和西式的用餐禮儀，但就是鋼琴的演奏實力不如預期，並沒有和期待中的一樣進步神速。菲莉普斯夫人離開後，李誘墨到社區裡最大的鋼琴學院進修，那個學院的院長看了她彈琴的樣子忍不住頻頻咂舌，說這個樣子看是要從基礎來過了。不過雖然有好一陣子她必須在幼稚園生之間練習鍵盤彈奏基礎，但至少坐在鋼琴前面的她挺起肩膀的架式看上去和偉大的鋼琴家並沒有兩樣，她每天晚上都會夢到自己在閃耀的卡內基大廳裡演奏。

李誘墨下定決心參加音樂術科考試後，就開始央求父親給她買一架平臺三角鋼琴。她房間裡老早就有一臺三益牌國產鋼琴了，但人說工欲善其事必先利其器，現在既然已經邁入另一個階段，就該是時候升級到史坦威或至少山葉層級的鋼琴了。老西服裁縫師傅雖然老來得女，對這個女兒可以說是百依百順，但在聽完鋼琴價格後他還是瞬間感到頭暈目眩。事實上那陣子他就已經經常犯頭暈的毛病了，不僅是突然站起來時會如此，就連在平地上走或在路上轉彎時也會突然覺得眼前一陣暈眩，加上胃口不好，原本就很瘦弱的身體顯得益發乾瘦，也不知道是不是從年輕就開始吸食大麻的副作用。

他雖然一輩子不菸不酒，卻是一個慢性大麻成癮者，老裁縫師傅總是在他存放西服樣式的五斗櫃裡偷藏一包大麻藥，並且時常確保藥包裡頭的量不減少。每個星期五下午他會趁早關店再到附近的荒山山腳下偷偷抽珍藏的大麻，一開始還維持一週一次的量，幾年下來卻慢慢變成一週兩次、甚至三次。隨著年紀增長，他越發覺得自己的身體撐不住，西服店的收入也在這段期間明顯下滑。很明顯的，最後一代會訂製西裝的世代正在消失，老裁縫師為了力挽狂瀾，還曾經試過從義大利採購大批高檔的西裝布料，但這些料子最後也變成無處可去的庫存，業績消退如溫水煮青蛙，慢慢地來到眼前。

我無法想像一個已經六十多歲因為吸大麻而委靡的男人看待他那十五歲的女兒時，心裡會有什麼感受。聽完平臺鋼琴價格的老裁縫陷入沉默，而看了這一幕感到不知所措的李誘墨只好轉換策略，採取了更激烈的手段來說服，在經歷幾回合歇斯底里的互相折磨後，她第一次被父親搧了頭，然而這對在幾年間劇烈抽高的她來說，並不算是什麼大衝擊，她只是用輕蔑的表情不屑一顧地往下斜眼看了父親一眼。

當天，老裁縫一直到深夜都沒回家，每次在他抽完大麻回家的日子，他的全身就會明顯出現被樹枝爬梳過、到處沾染雜草和草籽碎屑的痕跡，看上去就是一個剛結束野外跋涉的旅人，但是他的妻子即便看到披著清晨露水回來的丈夫那狼狽的模樣，都還是意識不到事情的嚴重性。

放棄擁有平臺鋼琴之後，李誘墨對練習鋼琴的興致也慢慢消退了，從一開始鋼琴就不是真正的問題，她本來就無法應付高級班龐大的練習量。準備鋼琴術科考試的學生必須整天都坐在鋼琴前練習到腰痠背痛才行，時不時還會聽到有人苦心練習到把練習室裡的琴弦都彈斷了。李誘墨在這種令人窒息的氛圍中漸漸對彈琴產生了疑慮，每次彈錯拍子時便立刻抽打她的手的院長也很可怕，在鋼琴學院裡可是一點都看不到菲莉普斯夫人那種優雅的教學法，不管揉幾次眼睛都找不到，感覺大家都在彼此較勁，看誰能夠把鍵盤敲得又快又猛。某天她在前往鋼琴學院的途中停住了腳步，決定從路上折返去音樂行，在那裡買了偶像專輯回家的李誘墨再也沒有踏進鋼琴學院半步。儘管她在術科報名的時候雖然還是偷偷送件報了名，但卻因為成績太低連術科考場都進不了。

● REC

我可以喝一下這杯水嗎？說真的我也不知道要說什麼。誘墨很久以前就搬走了，之後便一次也沒有聯絡上，感覺同學裡面應該也沒有人知道她的消息，不過我也已經很久沒有跟朋友見面就是了，因為大家都當媽媽了嘛，現在要騰出時間沒有那麼容易了。我是還沒有結婚啦，有人這樣說過：男人他們在這個世界上最怕的就是三十幾歲的老處女了，這樣的話我還不如去當寡婦或離過婚的女人，心裡還能舒服點。因為都變成這樣了，現在見了結婚的朋友都說不太上話，因為大家的生活都變太多了呀。上次我實在太悶了，還刻意算了一下時間，跟她們說可不可以不要繼續這類話題了，她們反而問我那要說什麼，總不能一直回憶高中生活吧？她們說我該好好培養一下現實感了，是不是浪費了大好青春在那邊「這個男人也好、那個男人也好」地挑來挑去，最後才變成這樣？聽人家這樣說我實在有點不開心，她們是有給我介紹過哪個還不錯的男人嗎？其實好幾年前就已經沒有人再說要幫我介紹了，週末一到就經常自己一個人坐在房間角落看電視喝啤酒。但是我覺得現在的生活大致上都很滿意啊，至少有個技術職工作、有個小房子，還有享受興趣的閒暇時間，反正也沒有人可以想要什麼就能有什麼嘛。

但是您剛剛是不是說您想要知道誘墨的一些事？來這裡以前我有試著回想她長怎麼樣，但實在想不太起來。還滿奇怪的，我還可以清楚記得和她一起經歷的時間，但對她的臉卻很模糊。誘墨身高非常高，可能是全校最高的，那時候我們流行把校服改小來穿，但她卻喜歡把校服穿成寬寬鬆鬆的大袋子那樣，故意穿大一號的，可能是不想要露身材吧。十七歲……對呀，我也有過那個時期，肚子經常在餓，或經常在痛……總之是個肚子實在不太舒服，總是覺得肚子脹氣的時候。

我們是在女中一年級的時候遇到的，誘墨是一個獨來獨往的孩子，到哪裡都用腋下夾著一本貝多芬的樂譜，只是看上去卻也不像在準備音樂系的入學考試，如果問她大學想要去哪裡，她都會回答說還在想。但是很奇怪哦，我反而還滿喜歡這個人的，整個人感覺很神秘、藏了很多秘密，對什麼事情都很冷淡，這讓她跟其他同齡的朋友比起來總感覺比較早熟。我把她介紹給自己的閨密熙真和智允，之後就經常四個人一起玩。我們的成績大概是落在文組高中的中段班上下吧，但也都沒有轉去走職業路線的勇氣，最後都變成沒有能力考大學的無能者啦。我那時候一心只想著至少上個鄉下的大專學校也好，能成為大學生就好了，也沒有其他野心，整天就是跟朋友一起混、大聊特聊電視上播的八卦新聞、吃辣炒年糕，要不就是討論跟男生有關的煩惱，那些事情就是我們生活的全部了。

班上那些速度快的朋友早就有了第一次，每過一個假期那個數字就會跟著成倍數增加。熙真有男朋友，預計很快就會完成那件事，我們也都一起見過熙真的男友和他的朋友，晚自習結束以後我們經常會把裙子從腰部那邊往上至少捲三折，然後大家就全部一起出去約會。我們的爸媽都以為我們都一起待在圖書室到半夜，但其實我們整晚都和男孩子在一起，看是一起去KTV或是DVD電影館，房間裡面的空間又小又暗，他們看我們的眼神也會變得有點不一樣，我們因為那種眼神覺得有點害怕，但又有點爽——又害怕又自豪，是很奇怪的心情對不對？

反正除了睡覺以外，其他時間我們幾乎都在一起，感覺比親姊妹的感情還要親。除了誘墨，我們三個都住在差不多坪數的出租公寓，連父母雙薪、有個年紀差一兩歲的兄弟這件事都一模一樣。我們都要纏著父母一整季才好不容易能買一條中低價品牌的牛仔褲來穿，這還是在看著媽媽的臉色下才好不容易挑出來的。但誘墨跟我們不一樣，她有好幾條Guess的牛仔褲，而且我們一起出去郊遊或校外教學的時候就會看到她的包包、鞋子跟帽子都是成套配好的，還有人說她應該是知名政治人物不為人知的私生女呢！我還記得當我們跟她求證的時候，她都嚇呆了，還一直搖手說不是，但是那個微微笑起來的表情現在想起來還是很可疑。

其實雖然誘墨跟我們很好，但我總是覺得哪裡有一點隔閡。比如說在我們跟男孩子待在一起的時候，只要有人看起來對她有意思，她就會突然變臉站起來走開，我在想那些男孩子應該會覺得很洩氣吧。她曾經說過與其跟那些男生貼著身體坐在一起，還不如讀一本內容火辣的小說。誘墨是個言情小說狂熱者，我經常跟她借書來看，誘墨的書櫃大部分都有浪漫的成分，像是綁架貴族婦女的阿拉伯酋長、和農村姑娘墜入愛河的伯爵、與成為財閥的馬廄知己重逢的富二代女繼承人、透過時間旅行相遇的蘇格蘭戰士和現代護士之類的……這些都是一些很不得了的情侶組合對吧？我和誘墨把這些言情小說的男主角分成白手起家型和豪門子弟型，還常常在那裡比較不同的男主角，比如說這個男主角雖然很頑強但有點太大男人主義、那個男主角雖然很有禮貌但好像有點偏無聊之類的，我們甚至還會討論說如果想要有一段平順的婚姻，那後者當然比較好，但前者的sense顯然比較突出之類的。說真的，沉迷那種小說就很容易把在街上晃的一堆男孩子看成泥鰍或比目魚之類的東西，非常不起眼……我是說那些看起來就是想在髒兮兮的床墊上隨便試試的男孩子啦。

高三那年春天，學校來了幾位新上任的年輕老師。其中誘墨特別在意新來的數學老師，他長得很高，臉上戴著膠框眼鏡，是一個總是心不在焉，走路老是晃來晃去的人。通常剛到女校的年輕單身老師應該會很受學生歡迎才對，但因為他的個性好像特別冷漠敏感，反而沒有什麼人會理他。誘墨經常送那個老師飲料、手帕、糖果籃，還有紙摺玫瑰之類的東西，但是她越是這樣獻殷勤，那個老師好像就越覺得有壓力。我們問她到底喜歡那個老師哪裡？她說就是喜歡那個老師用看待蟲子的表情看待她的眼神。我就說了吧，她是一個奇怪的人。

有一天在數學課上，那個老師在黑板上寫滿了模擬考裡面最難的題目，然後讓誘墨從最上方的題目開始算，誘墨回答說她不會，看起來很天真的樣子。後來老師就要她算下一題，就這樣他念過黑板上密密麻麻的題目，要她一題一題算，直到在大家眼前證明誘墨是一個連一題都算不太出來的蠢材之後才放大家下課。還記得那天老師跟平常一樣拖著腳步晃著走出教室，誘墨則是一臉詫異，臉色蒼白地留在位置上。那天放學以後，誘墨就被叫去教務室了，聽說那個老師給了她一本數學問題集，要她不要分心在其他事情上，專心讀書就好。

從那天開始，誘墨就經常在晚自習時間跟著那個老師做課後輔導。我聽她說接近那個老師之後才發現那個老師讓她失望的點不是只有一兩個。那個老師不僅不常洗澡，口臭也很嚴重，還會在桌子底下不停抖腳。反正好像也因為在數學課上受到的羞辱，沒多久，誘墨對老師的好感也跟著不見了。但很詭異的是，那個老師在補課的時候都會對打電話來的女朋友說謊，明明誘墨就坐在旁邊的課桌上，他卻會隨便亂說自己在健身房、書店、和朋友在咖啡店見面等等，課後輔導完偶爾也會送誘墨回家。後來有一天，他突然把車停在偏僻的地方，問誘墨想不想親他，誘墨什麼話也沒有說，因為她覺得這些都是她自作自受，她說她覺得事情已經這樣了，大概也逃不掉了。最後兩個人就在附近老師獨居的套房裡面做了，在那個涼掉的披薩和發臭的襪子裹在一起的冰涼地板上。聽說在脫內褲之前誘墨還有稍微抵抗一下，但因為老師的拜託實在太可憐了，她說她實在沒辦法。

回到家的誘墨把廁所的門鎖上，嘴裡不停嘟囔著各種罵人的髒話，邊洗起自己的裙子，說千萬不能被別人看見。那個老師居然連送誘墨回家都沒有！當她把滴著水的校服晾在床頭、躺在床上仔細思考的時候，也開始懷疑那個老師是不是也是個新手，因為插入時失敗了好幾次，他還因為這樣不知道該怎麼辦。聽說肢體動作也非常僵硬，從開始到結束都看起來非常不熟練。誘墨很生氣，她說那個人害她從頭到尾都又痛又不舒服，這些全部都要怪那個人技巧不好。而且她真的很委屈，那個老師只留給她一封簡訊，說一切都是不小心的，直接單方面結束他們的課後輔導，後來還光明正大地把自己的女朋友叫來學校，在大家面前挽著胳膊散步。我還記得那是一個個子很小、身材有點圓，看起來總覺得有點像香菇的女人。

我跟您說男生真的都很蠢，那個老師當時真的覺得這樣做就可以一手遮天、不會有人知道嗎？誘墨在事情發生的第二天就把事情全部都告訴我了，我也把這件事告訴熙真和智允，雖然大家都囑咐過要好好保守秘密，但沒有多久，全校師生都還是知道了這件事，最後當然也傳到校長那邊去了。校長是個老處女，她馬上就開除了那個老師，還真是痛快呀。只是沒想到誘墨也逃不過懲罰，她爸爸來學校的時候，我們看到那個駝背的老頭都驚訝得嘴巴闔不起來。那時候再過三個月就要考學測了，最後誘墨不得不離開學校，而且因為我們附近的學校把這件事傳得更難聽，我聽說她只能去一個我們誰也都不知道的學校。誘墨一直到最後，誘墨都沒有追究我把她的秘密傳出去的事，在她身上就是有這樣寬容的特質。她離開之前還曾經特地經過我家，把好幾十本言情小說交給我，說她搬去首爾之後就再也不需要那些書了。後來載著她的卡車遠遠離去，我則停在原地良久，直到某個路過的路人告訴我正在流鼻血。雪白的雪紡襯衫被雪花給浸濕了，我依稀記得當時的我仰起頭，嘗到了鮮血的苦澀滋味。

*

訪談快要結束的時候開始下起了雨，女子說她帶了雨傘來。三十六歲的尹瑛珠，是個口腔衛生師。

「我想說這個可能會幫得上一點忙就一起帶過來了，您之前說過有任何可以用的資料都希望可以借來看對吧？」

尹瑛珠從包包裡拿出了一本書遞給我，是一本名為《海盜與我》的言情小說，我把它拿在手裡，首先映入眼簾的是封面上的一名男子，他用健壯的手臂從腰間攬著一位穿著晚禮服的女人。

「書不用還我沒關係。」

在尹小姐離開後，我留下來等雨停，等待之際便打開小說的第一章開始翻閱。書中的情節大綱在我眼裡看起來異常熟悉，故事是一名英國小姐搭船拜訪在法國生活的姨媽，途中船不幸落入海盜手中，最終這個女主角卻和海盜首腦一起墜入愛河。大概在我高中一年級的時候，我曾經非常癡迷於一個作家，而這部小說正是那個作家的作品之一。

和李誘墨一樣，我也曾經是言情小說狂。就跟男孩子們會看色情片一樣，說不定女學生們的幻想也都是差不多的面貌。只是我根本不敢想像把書大剌剌地拿出來看或是跟朋友借，都是跑去大型書店偷偷買回來，再用白色的日曆紙把封面包好後藏在床底下偷偷讀，經常是在萌生睡意之前，偷偷看這些書陷入假想戀愛，以結論來說幾乎是做為自慰的用途沒錯。在尹瑛珠所說的白手起家和豪門子弟類型中，我特別偏愛前者——有著一頭濃密的黑髮和古銅色的皮膚、語氣傲慢、抱著可以隨意操弄女人的態度，以及帶有些許虐待傾向的霸道男子們。書中通常有幾幕赤裸裸的激情場面，為我獻上高潮迭起的高潮效果。

我開始自慰是在十二歲左右的時候，洗澡的時候在溫熱的水束下感受過敏銳的快感，好似偶然又並非偶然，我清楚知道可以激發那個感受的精準部位和摩擦強度，即使不是在淋浴的時候也能做到。在熟悉了以後，我還學會了讓快感持續更久的方法，那個感受不知道有多麼強烈，為了忍住不高聲尖叫，我不得不咬緊雙唇，光是用舌頭碰觸腫脹的嘴唇就能感受到快感的餘韻。

我每天都想早點結束令人窒息的沉悶晚餐，想早早逃離憂鬱的母親和一臉嚴肅的父親，等待能夠進入幻想之中、和年輕俊俏的情人一起滾床單的瞬間。為了營造氣氛，有時還會點香氛蠟燭或放浪漫的音樂，我真的不知道有多麼喜歡做那件事，甚至到了害怕身體會出問題的地步，並且在快感消失之後還總是感到特別內疚。不知道從什麼時候開始，我就已經超過八十公斤了，到了這個地步，即使街上調皮的小鬼們嘲笑我是大象也好，我也只能裝作沒聽見。那時的我非常孤獨，真的非常需要做這件事，我還曾經下定決心只要交到男朋友就會立刻停止這種行為。那時候為了要準備高中特殊科目的資格考試，我每天減少三小時的睡眠時間，整天坐在書桌前，父親還每天對我循循善誘，特別叮囑我在整個大家族的所有堂表兄弟姊妹中，沒有任何一個孩子只考上一般高中。

順利考上高中以後，我真的交到了男朋友。他是一個以入學考榜首身分入學，在外語考試中拿下歷屆最高分的傢伙。高中時，他就已經能和來我們學校參加講座的大學經濟學教授針對自由市場經濟的虛實展開激烈見血的辯論，簡單來說就是一個天才少年。夢想成為一個天文學家的他，甚至還有一顆以他的名字命名的星星。有一天他走向我的座位，問我要不要一起去天文臺看流星，雖然當時的我已經減肥瘦了很多，但基本上還是一個體型瘦一點的大象，對這樣的我來說，有人邀我約會這件事還是像做夢一樣不真實。我和那個傢伙一起去看了流星、接吻了，再隔一個月之後我們就在我房間的床上做了，那些曾經親愛又美好的情人則在我的床底下痛哭流涕。

天才少年和我一起考學測上了大學，我們少說也交往了六年多，在一起的最後一年我們已經像是老夫老妻了，也就是說我們幾乎沒有再上床了。那時候雖然我也已經不看言情小說，但還是熱愛自慰。大學時，我是校刊的主編，曾經因為投稿一篇十九世紀英美圈小說的女性物化研究論文在學術刊物上獲獎。但在我的幻想裡，我總是被帝王或是海盜之類的男主角摟住腰，他們把我丟在床上，喊著「妳是我的！」這讓我不由得下腹縮緊，一回神，下身都濕透了。

面對我那第一個情人，天才少年，我猶豫了很久之後，才終於向他吐露之前一直隱藏的秘密。他在聽完我長久以來只要聽到水流聲就能感到快感的自白之後，無話可說地盯著我看。

「所以你對我到底有什麼期待？是要我跟你一起Cosplay嗎？」

我們就這樣分手了。此後他成為國內最年輕的專利代理人，在江南開了自己的辦公室，還和前韓國小姐結婚了。我在雜誌上看過他像畫一樣漂亮的家和妻小，小孩長得和他一模一樣，那個畫面看起來簡直更像他口中說的角色扮演，但是我並不想批評他，因為畢竟每個人都在追求著自己的幻想。

在所有李誘墨留下來的東西中，最老的物品就屬鋼琴樂譜了，那些樂譜就像遺物一般破舊不堪，是貝多芬、蕭邦，還有李斯特等大師的小曲，樂譜中各處都還留有菲莉普斯夫人的簽名。我比誰都還想要見菲莉普斯夫人一面，於是在一個月裡積極嘗試接觸美軍眷屬聯誼會之下，好不容易才取得了菲莉普斯一家在十五年前留在某本通訊錄上的住家地址，我寫了一封長信向夫人詢問是否曾經在韓國教過一個叫李誘墨的學生，並想透過她了解當時發生的事。我在打包郵件的時候也順便夾了一本我寫的書，就像在茫茫大海中拋出一個玻璃瓶信一樣，我的心情也一樣茫然。

隨著找新保母的事情不斷被推遲，不得已之下我只好帶著女兒去爸爸家，一個禮拜打擾爸爸兩天，幸好大多時候都一個人百無聊賴的父親，還能和藹可親地幫忙照顧孩子。他告訴我他的新消息，說前陣子他曾去阿姨家見過母親，但事情並沒有什麼進展。

母親並不是第一次離家出走了。以前也有幾次，母親用衣服和隨身物品塞滿一口移民用的超大行李箱後就離家出走了。父親曾跟我說明過，說是母親患有慢性頭痛和憂鬱，連自己都無法控制。還有一次我和父親一起去鄉下的朋友家找躲起來的母親，還記得那是個炎熱的仲夏，連風扇都沒有的地下室房間，母親一個人蜷縮在陽光都照不進來的狹窄空間裡。我好討厭那裡飄著的酸臭霉味，也沒辦法理解母親到底是為了什麼需要大老遠從家裡逃過來。母親看了看牽著父親找來這裡的我，一語不發地從位置上站起來，踉踉蹌蹌地在前方領著我們回家。

母親在那之後還是有過幾次離家出走，每次都是父親拎著她的行李一起回到家，但聽說這次完全不一樣，母親反而回過頭來安慰父親，還一直說對不起之類的話。父親似乎很希望我能去找母親，好好說服她搬回家，但我始終無法開口答應，因為那個很久以前的地下室房間的霉味，在我的記憶裡還是那麼清晰，更何況談到支離破碎的婚姻生活，我自己就已經有很多說不出口的問題了。

先生在每個星期三的下午會從英國打電話來，他只會用平淡的語氣像念操作手冊一樣問候女兒和我。每次掛電話之前，他會像考我一樣問我有沒有其他想說的話，如果我什麼都不說，那他就會安靜地掛掉電話。他到底想從我這邊聽到什麼呢？希望我求他原諒嗎？希望我跟他說對不起嗎？還是期待聽到我的懺悔？說我每分每秒都在後悔呢？

在他出發去英國前，我向他坦白我出軌的事實。啊，這麼說不對，應該說是因為我坦白了出軌的事實他才跑去英國的，這才是比較準確的說法。我那段持續了三個月的不正當關係在那個時間點剛好瀕臨破裂，我一五一十地訴說了我的不忠。隨著我吐出口的每一句話，先生的臉變得越來越慘白，在故事都說完以後，他啞著嗓子問我想從他那裡得到什麼，我回說：「希望沒有人會受到傷害。」語音還未落，他就抽起大手舉向虛空，巴掌沒有打向我，反而是抓起掛在牆上的相框和時鐘丟了出去。時針和分針擺脫不了原本的位置，在破碎的錶盤上喀喀打轉。

在那之後可怕的沉默開始了，但是先生和我一直到最後都沒有把分手這件事說出口。我們像是在看著鏡子裡的自己一樣，互相盯著對方看，在這段十年多的婚姻生活裡，我們一起生下了孩子，那個孩子的臉孔分別像了我們的一部分。分手這件事就像要從身體上刮下某部分一樣，就算是已經化膿的地方，要放棄也不是一件容易的事，也許我們都在等著那部分自己壞死脫落也說不定。

在寄信給菲莉普斯夫人的一個月後，來自美國的回信寄到了，是由一位名叫艾蜜莉的姪女代寫的信。信上說菲莉普斯夫人幾年前被診斷出肌肉相關的疾病，目前正在和病魔奮鬥，雖然並不影響溝通，但因為四肢無法活動，所以她在姪女的幫助下寫了這封信。

「和那個聰明又充滿活力的少女一起度過的時光為我留下了非常愉快的回憶。她可能的確缺乏成為古典鋼琴演奏家的才能，但她不屈不撓，有著面對任何障礙都不屈服的意志，和淨化周遭氣氛的能量。因為有她在，我那經常昏暗的家也微微增添了些許生機。暫時停留過的韓國，曾是一個時常喚起我悲傷和朦朧鄉愁的地方，如果我的身體負擔不那麼重，我實在很想重回那裡，去見那個現在應該已經長得亭亭玉立的小女孩。那麼我們又可以像那時一樣，在寬大為懷的音樂庇護下，度過一段平靜又幸福的時光吧。」

信中附上了菲莉普斯夫人在病榻的照片，一位穿著住院服的臃腫老婆婆用湛藍的眼睛盯向相機鏡頭，那強烈的眼神讓人很難相信她正罹患重病。我盯著那個白人老婦的眼睛，竟猛然想起了自己的母親，還真是件怪事。

3 Vogue

李誘墨在首爾找到的第一個房間是大學學區內的合宿房，這是聽從李誘墨的主張，想說既然都快要上大學了，不如省下搬兩次家的辛苦。父女兩人好不容易才跟哭哭啼啼得像個孩子一樣的母親分開，隨後李誘墨便和父親一同離開了家。在車裡，老裁縫一句話也沒說。自從女兒受緋聞纏身以來，他就像個失語的人般沉默，他把行李搬到合宿房，隨後便到附近的女子學校辦轉學手續，便逕自回家了，留下李誘墨一個人在合宿房吃晚飯。

沒有人會關心在大學入學考剩下不到三個月的時間裡出現的轉校生，甚至有整整一個月的時間，點名簿都沒有印上她的名字，同學們總是遠遠瞟著她看。這是誘墨第一次成為邊緣人，而在附近的大學商圈逛那些光鮮亮麗的商店就是她當時唯一的安慰，人體模特兒身上掛著的衣服、在空中吊著的包、陳列架上挺拔的皮鞋、閃閃發光的人造寶石……她在這些店之間來回打轉，走到腳都發痛了也不厭倦，整天戴著耳機，偶爾會在大街上買麵包來吃。

她住的合宿房有二十幾間房間，李誘墨住在十七號；十六號住的是一個上班族，十八號則是一個在某S女大就讀的大學生。十八號經常偷偷帶男朋友回房間，兩個人整晚都不睡覺在那裡嗤嗤地笑，偶爾十六號也會聽到十八號穿過牆傳來的聲音，就會來咚咚咚地敲打無辜的李誘墨的房門。冬天，他們幾個人還一起得了流感，雖然是一次也沒見過面的鄰居，但根據李誘墨在日記上的描述，她覺得幾個女生可能連月經週期都同步了。

大學學測一結束，李誘墨就開始在大學附近的咖啡店打工。兩個月的時間裡，她每天工作十二個小時，最後用這筆存下來的錢買了人生中第一個LV包，那是個可以塞滿課本、筆記，還有化妝包的大尺寸。只是她雖然已經做好上大學的各種準備，大學卻落榜了，這是因為她填了比她考出的成績要求還要更高的大學校系——那所校園優美、離合宿房很近、在畢業生眼中口碑很好的名門大學——S女大。

得知落榜以後，她有好幾天什麼事也不做，一個人鎖在房間裡。明明那所大學也不是說考就會考上，沒有人知道為什麼她對落榜的挫折感會這麼大，躲在棉被裡頭的她只露出一個頭，緊盯著天花板上骯髒的灰塵和污漬看。週末時她的父親打了電話來，很久沒有聯絡了，父親的聲音聽起來很沉重，說西服店的狀況比以前更糟了，不久前母親還出現了一些失憶的症狀。在即將掛上電話之前，父親才像突然想到一樣，問她大學放榜的結果，她輕描淡寫，彷彿在心裡想著這種毫無懸念的事幹嘛多問。她淡淡地回說錄取了，想到過去幾年她為父母帶來的只有失望，這種事是她理所當然要承擔的後果，現在既然連逃跑的地方都沒有了，她一直認為反正明年就一定會考上。

幾天後她的父親和母親一起上了首爾，在年輕人熙熙攘攘的大學商圈裡，她的父母看起來就像外星人一樣格格不入，又老又寒酸。李誘墨和他們一起在S女大的大學正門前面拍了照，還去了打工的咖啡店吃了帕菲聖代。在他們分開以前，父親給了她一筆錢，用來支付大學註冊費和學費，李誘墨用那筆錢報名了重考班，剩下的錢就存進了帳戶裡。

時間到了二月，合宿房迎來搬家季，一天總有好幾臺搬家車進進出出。某天一早，走出房間打算去重考班的李誘墨，不由自主地在大門敞開的十六號房門前停了下來，房間內空空蕩蕩的，正當她納悶著十六號怎麼會連打個招呼都沒有就搬走了的時候，突然有人從她的背後敲了一下她的肩膀。

「妳是十七號對吧？」

聲音很熟悉，是那個十八號。十八號留著一頭棕色的短髮，戴著圓形鏡框的眼鏡，就讀S女大法學院四年級的她有著一副看起來很會開人玩笑的臉。

「聽說妳考上我們學校了對吧？服裝設計？」

「……對。」

李誘墨微微點頭，顯然是上個月父母來過以後，消息就在合宿房之間傳開了。

「妳長得真的很高耶！」

十八號用力盯著她看。

「妳要不要來參加我們校刊的訪談？我正在寫新生特輯的專訪。」

李誘墨結結巴巴地告訴她電話以後就趕緊找藉口離開了。之後她為了不要跟合宿房的任何人打到照面，老是七早八早就摸黑離開合宿房，直到有一天她不小心睡過頭了，一直睡到太陽出來了才出門，又好巧不巧在合宿房的玄關前面撞見十八號。

「妳要去學校對吧？一起去吧！」

十八號隨手把自己的包包交給李誘墨，很快地往自己臉上抹防曬霜，接著兩個人一起離開合宿房，往S女大的方向走。路上遇到的幾個女學生主動和十八號打了招呼。三月裡的大學校園裡到處都盈滿清淨舒暢的空氣，沿著廣場周邊搭起的每個小攤位都站滿了人，原來這個禮拜是大學社團宣傳週。十八號問她決定好要加入哪個社團了嗎，李誘墨回答目前還不太知道。

在爬牆虎藤蔓垂墜的紅磚建築前，十八號揮著手獨自走了進去。那是法學院的建物，通過司法考試的名單在高牆上飄揚。獨自留在法學院前的李誘墨短暫待了一會兒後，便動身往服裝設計學系的大樓走去，路邊的基督教社團攤位在她經過時遞給她一杯熱咖啡，於是她便一邊喝著咖啡，一邊抬頭看鋪滿彩色玻璃窗的服裝設計系大樓。玻璃窗在陽光底下閃閃發亮，映照出彩虹般的顏色，三個提著布包的女學生嬉鬧著從大樓走了出來。這時十八號向她傳了封簡訊，約她中午時間在校刊編輯部辦公室見。

李誘墨自己一個人在校園四周溜達，三個小時後她依約去了在學生會館二樓的校刊編輯部。編輯部的鐵門上高掛著「除相關人等外，禁止出入」的警告標語。她小心翼翼地開門走了進去，裡頭飄來一股混雜霉味和甜味的古怪氣味。編輯部裡的每個座位上都堆滿了書，七臺電腦全部都開著。在其中一臺電腦前面坐著的十八號抬頭叫了李誘墨。

採訪的內容非常平易近人，十八號對李誘墨跟隨西服裁縫師傅的父親走入服裝設計系的故事顯得十分滿意。她問李誘墨有沒有意願在校刊編輯部工作，因為她們剛好需要一個負責文化和時尚專欄的成員，而雖然目前還不是公開招募實習記者的時期，但這就是大家所謂的特別錄用提案，她們可以破格錄取她。採訪結束後，李誘墨和其他學生記者圍坐在一起吃了披薩，這是她來到首爾以後第一次和大家一起聊天吃飯，吃飯時大家的笑聲此起彼落，從不間斷。

那一年李誘墨開始往返重考班和S女大校園，在校刊編輯部擔任實習記者。我在大學時也曾經在校刊編輯部工作過，非常清楚這項任務有多耗時，特別是做為一個實習記者，幾乎會被各種雜務所迫，幾乎不太可能有時間經營個人生活。李誘墨逐漸疏於準備重考，即使是假日也幾乎沒辦法回去重考班讀書。

在校刊社裡原本負責文化時尚專欄的負責人離開社團以後，這個專欄的主編職位就一直處於空缺狀態，李誘墨因此很難得地以一個實習生身分開始負責撰寫專欄稿件，題材主要是近期一些值得一看的表演、時尚常識、戀愛諮詢等主題。其中〈李記者的勝利心法〉這個小專欄的主題是教導女生在約會過程中如何讓男生無可自拔的戀愛戰略，很快就成為校刊中最受歡迎的一個環節。李誘墨非常投入這項工作，做得非常開心，這甚至讓她開始思考：也許是時候改變她的大學主修科目了——儘管她實際上根本沒有什麼大學主修——但總之她已經到了思索是不是要真正成為一名記者的地步。

每當李誘墨害怕自己謊稱是服裝設計系學生的謊言被揭穿時，就會去百貨公司買浮誇的衣服和裝飾品，這麼一來，從父親那裡取得的學費和生活費沒多久就被花得一乾二淨。從下半個學期開始，她動不動就打電話回家給父親，繼續謊稱她正在準備學校的設計發表，並開始抱怨要花的布料費、工作室租用費、模特兒費等費用太繁重，讓她萌生休學的想法。她的父親沒有多說，只是默默地又多匯了一些錢，而她則會用幾張假照片來回報父親。

那一年的冬天，十八號畢業離開學校，她原本的位置和電腦因此交給李誘墨繼承。當她被選為記者獎學金的受獎人時，為了逃避一些必要的學校行政手續，她便以父親要她把機會讓給更不幸的學生為由加以推託，用這個藉口成功擺脫了危機。也因為這樣，學校裡關於她是企業家富二代的傳聞甚囂塵上，她那明朗活潑的性格和引人注目的高檔裝扮更是進一步助長了這種謠言。

結果李誘墨在第二年的學測考了比第一年更糟的成績，其實只要她降低眼光，那時候的她還是很有機會進入其他學校成為真正的大學生的，但是她不管怎麼樣就是一心一意想要進S女大。S女大對她來說是個很有意義的人生條件，她絕對不要去任何低於這個標準的地方，然而準備重考對她來說是越來越力不從心了，因為她整個人早就以大學生活為重。

每年春天，全國的大學校刊編輯部記者們都會在K科學大學的宿舍開編輯部總會，目的是促成各大學記者們之間的交流和建立默契。在那四天三夜百無聊賴的編輯聚會上，李誘墨遇見了李項宇。在才藝表演時間中，他突然舉手上臺，在沒有燈光的黑暗中吟誦白石的詩，李誘墨覺得這首她第一次聽到的詩非常優美。

李項宇是K科學大學航空宇宙工學系的學生，擔任校刊中〈科學〉專欄的主編，還因此獲得了當年度最優秀大學記者獎。當大家把燒酒瓶像保齡球瓶一樣豎起來，圍坐在一起喝酒時，李項宇批評了S女大的校刊，冷嘲熱諷地說這本大學校刊根本是《Vogue》一類的女性雜誌之流，一點都不上檯面。

「聽你這麼說，我反而覺得很榮幸呢。」

座位離得很遠的李誘墨用她那清朗的嗓音隔空回答他的話。

「就算只是一次也好，你有好好翻過《Vogue》嗎？」

李項宇饒富興味地看著李誘墨，搖搖頭。

「一個得過最優秀記者獎的人，對不知道的事情這樣亂講話不好吧。」

編輯總會結束後，李誘墨搭車回首爾的路上，收到了李項宇傳來的訊息，是想跟她借《Vogue》雜誌來看，她則回說如果他不親自寫借據那就不能借。隔一個禮拜，李項宇就來S女大找她了，他們兩個人保持著一點距離在校園裡的湖邊散步。再隔一個禮拜，他們去了劇場，在那裡牽了手，分開之前親熱地擁吻對方。

他們開始了往來首爾和大田之間的遠距離戀愛，關係一直維持了兩年多，李項宇經常開玩笑說他花的車費和汽車旅館費加起來都夠牽一臺四人座回家了。李誘墨似乎一次也沒有帶他回過自己住的合宿房，總是用「不想在自己的房間演出性愛秀」的理由來阻止他，但更誠實地說，她其實是更害怕讓他看見自己寒酸的房間。不過她為了補償，主動負擔汽車旅館以外的其他約會費用，他們兩人總是在氣氛明朗的餐廳吃飯，還經常以幫校刊寫稿為由去看昂貴的劇場演出。由於她出手闊綽，對用錢絲毫沒有現實感，讓李項宇自然而然認爲她應該是一個家境相當富裕的富家女，雖然她本身從來沒有說過那種謊話，卻也沒有刻意去糾正這個誤會，偶爾聊到和父母有關的話題時，李誘墨就說父親是開連鎖進口西裝店的。其實在那之前她根本連想都沒想過「連鎖進口西裝店」這樣的謊言，但這個謊就這麼自然地被她脫口而出，儘管她說完這句話之後，馬上又補了一句：「爸爸是一個儉樸的人。」但從李項宇的角度來說，他已經把這整句話的意思聽成了「李誘墨的父親是個經營進口西裝連鎖生意的謙虛事業家」。

李誘墨開始對自己無法控制、日漸擴大的謊言感到害怕，有好幾次她下定決心要表明真相，但每次到了早上就又失去了坦白的信心。她非常害怕會被批評成騙子，也害怕被校刊編輯部開除，於是撇開說出真相，她反而重新報名了重考班。那些像烏鴉群一般的重考生們對時常穿著花俏的她總是報以側目，不過至少那一年，她還算認真到班上課，李項宇即將畢業的這件事也給了她很大的讀書動力。

李項宇畢業那天，李誘墨被邀請和他的父母一起用餐，她第一眼就對這對老夫婦很有好感，整個晚飯時間那對夫婦看著李誘墨的神情都盈滿笑容。李項宇的父親是個即將卸任的陸軍上校，他驕傲地對李誘墨誇耀自己的兒子是將來能夠成為科學技術部部長的將才，為了他的事業著想，身邊一定需要賢內助才行。

「哎唷你呀，他們都還是孩子呢，講什麼……」

在一旁溫柔提點丈夫的那位女士一點也不像年近六十，看起來既年輕又端莊漂亮。在他們用完餐道別以前，李項宇的母親向李誘墨伸出手來握手，那柔軟的觸感讓李誘墨當下不禁想起自己的老母親，也因此無緣無故感到憂鬱。她好想拋下一切奔回家找母親，而那種心情又總是和想死的心情緊緊相連在一起，但那一切都只是短暫的心理衝動，除了那個瞬間以外，她其實並不怎麼思念母親。和李項宇的家人見過面後，李誘墨總是以文靜的姿態，出現在被李項宇叫到家裡來作客的場合，占據洛可風的餐桌一角。

李項宇在高級飯店的客房裡借用了他們第一次見面時朗誦的詩來向她求婚——貧窮如我，愛上了美麗的娜塔莎，今夜大雪紛飛……李項宇說他再也無法想像沒有她的生活，遇見她以後他的人生才正式開始，而且因為早已經決定畢業後要出國留學，所以不如結婚後一起出發。李項宇拿出自己父親向母親求婚時用的鑽戒，李誘墨看了一眼那彷彿先人遺物般的鑽戒，爽快地答應了求婚。那一刻她總覺得，就算日後被李項宇揪出自己的缺陷和謊言也能得到他的寬恕，這麼一來，李誘墨才突然感受到對他的愛湧上心頭。更別說那時候的她其實也開始厭倦不停演戲的冒牌人生了，她已經拖著一開始輕描淡寫的謊言太久，只要能和李項宇到一個新地方生活，那想必一切都能重新開始，就如同拋開一團早已打成死結的線團，換來一個全新的。

在訂婚的那一晚，李項宇向李誘墨坦白自己長久以來一直有的開後庭性幻想，李誘墨握著李項宇滿懷期待的手，溫婉地勸說道：真的很不巧剛好碰到生理期，雖然很可惜，但下次再找時間看看吧。說完他們就像親兄妹一樣肩並肩躺下，手牽著手，此時的李誘墨感覺自己真的能成為一個好妻子。正當李誘墨幾乎要睡著時，李項宇突然開口說媽媽想見見親家母。一想到那個面容端莊的女士要和自己又老又瘋的母親見面，李誘墨的睡意一下子就被嚇跑了，而李項宇則好像還是覺得很惋惜似的，深深嘆了口長氣，轉過身睡去。

● REC

開始錄音了嗎？妳真的不是記者對不對？我最討厭跟複雜的事情扯上關係了！

來這裡住過的學生實在太多太多了，光是我們被扯上的事件、事故就多到噁心的地步耶……我們家從二十年前開始就在這個位置開合宿房了，是前年我媽因為心律不整昏倒，我才接手把合宿房改建成套房大樓的。

最近都沒有人要住合宿房了，寧願住那種就算只有一兩坪也好，但沒有人會互相干涉的小套房，我說的就是那種只要下定決心，要在裡面待個一兩年都不出來也沒問題的房間啦！所以這次改建的時候，我在每個房間都特別裝了獨立的衛浴還有流理臺，最近那種比較流行嘛，這種大樓才能賺到房租呀。

是說我老公在我媽暈倒以前就一直對這個地方很眼紅，他一直以為我們什麼都不做，這個地方就會自己送到我們手裡面，結果門都沒有咧，因為寄宿費只要晚一天交，我媽就會去房客的房門前面等到那個人回來。我媽就是這樣子，房客遲交的錢，不管是要去他們學校還是上班的地方追著要都沒關係，她都經常去。她一個年輕寡婦就是這樣把我們家四個小孩養大的，就連要把這個老舊的合宿房讓給女兒也都不肯虧到一毛錢，我老公都不知道有多委屈呢，連我自己都覺得很不好意思。

我沒有上過大學，因為家裡有太多大學生來來去去嘛，所以我很早就知道去上大學也沒有什麼特別的。不管女大生上學的時候有多麼了不起，最後很多還是變成那種背上揹著哭得悽慘得要死的小孩、一邊對著豆芽菜討價還價的良家婦女。所以幹嘛拚命跟人家玩戀愛遊戲？還不如用那些時間認真工作賺錢呢！看看我吧，在我這個年紀就有這樣漂亮的套房大樓的人很多嗎？我在二十歲的時候就已經有十個存款帳戶了，那些就是我的學位，就是我的男朋友。

啊，不過妳說妳要找的人是誰呀？啊……這個學生的話，我大概知道是誰了，名字是……誘墨，對啦！是那個在我家住過很久，但最後弄得很難看的那個人。她連行李都還沒來得及收就走了耶，還記得我都被她那些衣服嚇到過，真的不知道有多少衣服。老實說我真的不太懂，因為我是那種一季買兩三套衣服就夠的人。

那時候我在一個小貿易公司工作，偶爾我媽有急事的時候我會過來幫忙寄宿生準備吃的，那些事做起來真的很累，因為一天要打理三餐才行。不管是放假還是連假，如果學生不在房間那倒還好，反正只要有一個人還在，我們就得準備東西給他們吃。偶爾我像剛剛說的那樣去值班煮飯的時候，就會看到那個學生，她在餐桌上也是屬於比較顯眼的那種，身材跟模特兒一樣修長，也很會穿衣服，應該是時尚設計之類的科系吧。她來吃飯的時候會隨手把名牌包、皮夾放在餐桌上，大家吃個飯眼睛也會偷偷飄過去看。說是S女大的學生，但跟她那麼花俏的打扮比起來，個性應該還是比較偏內向的，不太會開口說話。該怎麼說呢？應該說是有點陰沉的感覺嗎？

我們的合宿生都是一起共用玄關的鞋櫃的，但只有這個學生的鞋子老是不見，但我看她好像也不太會生氣的樣子，只會說也沒辦法吧，搖搖頭就算了。我還記得我媽還經常稱讚那個學生呢，說她整個人很靦腆，為人也不挑剔難伺候，而且絕對不會帶外人進來。說實話，合宿房開久了，有時候真的分不清楚這裡到底是汽車旅館還是學生合宿房了，男女同住過夜的還真不少，還有那種帶進來跟我們介紹的時候說是自己的親哥哥，結果整個晚上吵個不停，喘氣聲都聽得到咧。李誘墨住在這裡快要四年都沒有發生過那種事，不要說是男人了，連女生朋友都沒有帶進來過，是我媽會喜歡的那種模範寄宿生。

在這裡住的最後一年，她突然說快要結婚了，明明都還沒有要畢業，但她卻說結婚之後就要馬上跟著先生去國外留學，跟我媽說她可能會臨時搬走，後來就發生那件事了。

那天是週末，我媽去了親戚家的喪事，一整天都不在家，那天是我幫她準備寄宿生的三餐。大概是下午三點左右吧，有人找來了，是個很有氣質的中年阿姨，那位太太身邊跟著一個臉色蒼白的男學生，她說她兒子在這裡的一個女學生房間掉了一個非常重要的東西，所以是要來找那個東西的。

李誘墨一大早就出門了，電話也都不通。雖然我說我們不能擅自讓他們進去主人不在的房間，但那個太太蠻不講理，還大聲說那個房間一定有自己兒子的東西，問我敢不敢為小偷負責。那個原本看起來很高貴優雅的臉一時之間變得兇得不得了，我根本不敢攔住她。

那個太太在我們的餐廳裡面大吵大鬧，說難道要報警開搜索票才能開房門嗎？其他寄宿生全部都打開門來看到底發生什麼事。最後沒辦法，我只好把備用鑰匙拿出來，要他們保證只要找到掉的東西就要馬上出來。

門一打開，那個太太就衝進去了，其實說衝進去也沒有那個空間，只是一個小倉庫大小的房間而已。破舊的毛毯和褪色的枕頭像一團球一樣捲在一旁，看到那個畫面的太太因為面露厭惡，整個臉皺了起來。房間另一頭擺了一張和室書桌，上面有幾本攤開的學測考試用書，整個房間裡面到處都是脱下來的衣服，堆得跟山一樣，角落還有一個拉鍊壞了的塑膠布衣櫃。那個貴夫人把整個房間都翻了一遍，但是想找的東西好像不在裡面。跟著夫人來的那個男學生看起來好像實在不忍心走進房間裡面的樣子，他只是臉色凝重地站在房門口，我那時候覺得無論是做出這種事的母親還是在旁邊冷眼相看的兒子，都讓人非常無言以對。

李誘墨那天沒有回到合宿房，其實是有好長一段時間都沒有再回來了。大概一個月以後吧，我媽媽收到通知，說家裡父母狀況不好所以她已經回老家去了，感覺是沒有辦法再回來了，如果可以的話，希望我們可以幫忙打包房間裡的東西寄到她家。我用三個搬家大箱子打包了那個房間裡面的所有東西，大概看了一下，箱子裡面塞滿了看上去很貴的名牌衣服，還有S女大的校刊，我當然有聽說過李誘墨編輯了那本雜誌。

我是去美容院也不看雜誌的人，但是那天我有從那些雜誌裡面選了一本，專門挑李誘墨寫的報導出來看。其實還滿好看的哦。一個不懂人情世故的小女生居然會遇到這種事，我覺得非常糟糕，她居然相信衣服、皮鞋、包包、化妝品這些東西會改變她的一生，真是天真哪，我是不相信老公也不相信子女啦，我只信這棟套房大樓，就這個而已。

＊

總感覺我和李誘墨說不定以前就見過面，全國大專生編輯社的聯誼會我也是去過的，說不定我們曾經一起在講堂中穿著一樣的T恤，李誘墨、李項宇，還有我，我們都曾經在那裡，但是我實在想不起來那年得到最優秀記者獎的K大學生。根據先前聽說過的近況，他去了瑞士留學以後就一直在大企業做研究工作，但是他曾經想成為科學技術部部長的野心就不知道變得怎麼樣了。他拒絕了我的訪問邀請，「我不認識那種女生」就是他給我的簡短答覆了。

李誘墨曾經住過四年的合宿房，現在已經由房東的女兒繼承，並且改建成套房繼續營運。我一度期待合宿房裡面曾經有和她比較親近的朋友或同事，但這樣的人並不存在。李誘墨雖然在S女大是很受歡迎的校刊記者，但除了李項宇以外，她和誰也不熟。不管怎麼說，李項宇的母親闖進李誘墨的房間之後，他們就分手了，在李誘墨的日記裡面並沒有詳細寫到事情是怎麼拖到那種地步的。說不定是因為男方家急著辦婚事、一直想見對方父母，李誘墨又一直逃避，讓他們很著急才造成的。不幸的是，李項宇的母親和她想像的模樣並不一致，她並不是一位悠然自得的貴夫人，反而是一個把本來不是陸軍士官學校出身的丈夫推上上校身分、對目的不屈不撓的女人。

在李誘墨既不是大學生、也不是富家女的身分被揭穿的那天，李項宇要她退還自己送的戒指，他們在第一次約會的S女大校園湖邊見了面。他從頭到尾始終盯著地面看，那種態度就像在應付一個不能讓他四目相對的生物一樣。

「拜託聽我說一下我的事吧，一次就好。」

「怎麼了？妳又想要撒什麼謊？」

李項宇露出卑劣的笑容，李誘墨第一次見到這種神情，一時僵住了。

「就算只是一下子也好，只是希望你能聽一下我說的話。」

「都說了沒有用了！不管妳有什麼理由都無所謂，反正我就是不要妳了。」

從他的神情裡不由自主流露出的嫌惡令她瑟瑟發抖，當她一聲不吭地把手上的戒指取下來後，他便立刻接過去放進口袋，然後頭也不回地離開。那是真的結束了。

李誘墨獨自一人坐在湖邊看著日落的風景，她想告訴他：不是一切都是假的，在他們在一起的時間裡她是真心愛過他的。只是她現在也開始懷疑了，如果他們之間曾經分享過的東西是真正的愛情，那怎麼會這麼輕易就被打破了呢？說不定真正讓他生氣的不是她說謊騙他，而是她不是一個體面的西服連鎖店富家女吧。但總而言之，現在的李項宇已經不要她了，這是一個非常簡單易懂的心境變化。就在這時候，太陽正好滑落山頂，湖色漸漸變得昏暗無光，她從原地起身，快到合宿房時，她接到電話，電話那頭傳來父親病危的消息。

李誘墨一直知道父親是個大麻成癮者，他每次帶著油膩艾草味回家的星期五晚上，家裡的空氣就會變得不一樣。在那樣的日子裡，平常一句話也不說的父親就會熱情地擁抱她，或是整晚唱著歌，還會把口袋裡的錢全部掏出來，說著那些以前不會說的心裡話。她對大麻並沒有什麼不滿。

但是她的父親終究還是被大麻給玩完了。那是一個父親像往常一樣沉浸在藥頭上，心情愉快地回家的週五晚上，從山上趕下來的吉普車還沒來得及看到搖搖晃晃走在路上的他，就從後方輾過去。他流了一整晚的血，一直到隔天下午才被路過的登山客發現送往醫院，醫生說動手術也沒有多大的希望了。李誘墨接到通知後便連忙趕到醫院，低頭俯視父親的她，只能看到瞪大眼睛的眼白，那個身材矮小得如孩子般、臉上掛著老人面孔的男子不停抖動他那雙被視為唯一財產的雙手，李誘墨伸手緊握住那雙手試圖平息顫抖，但那並沒有用，那雙手又髒又粗糙。李誘墨的父親被判定為腦死，一週後便因肺炎過世了。

他的帳戶餘額裡面幾乎沒剩下什麼錢，她們幾乎把錢掏光，才籌出喪葬費。葬禮上也沒有什麼人來弔唁，她爸爸這一輩子身邊只有客人沒有朋友。在火葬場上，李誘墨和母親坐在長椅上等待，那是一個陽光熱辣，讓人幾乎窒息的日子。

她的母親在有任何身材矮小的男人經過時都會抬起頭來，眼巴巴地看著對方，就像在找誘墨的父親一樣。她對著來來往往的男人們大喊大叫，一下子緊抓住衣角，一下又無力地鬆開，而誘墨則是遠遠地站在一角遙望著這樣的母親。

她們不僅失去了丈夫和父親，還在聞訊而至的債主逼迫下失去了西服裁縫店，最後連房子都沒了。李誘墨父親的裁縫店長期經營不善，為了解決財務危機，老裁縫師傅開始經營其他事業，但連這個新事業都被同行背叛而一蹶不振，最後才不得不動用高利貸。然而這一下便使得債務突然增長到原本的二十倍之多，這些金額中自然也包含供給李誘墨的生活費和大學學費——當然實際上這些錢都被她拿去揮霍在約會和購物上，早就花光了。

李誘墨必須在一個禮拜內處理掉房子和西服店，狀況慘到只要是能換到錢，就連一只髮夾都要賣掉。西服店裡面有個裝有密碼鎖的櫃子，一開始無論她輸入什麼密碼都沒有要打開的跡象，最後整夜抓著它不放的李誘墨，抱著姑且一試的想法輸入了自己的生日，瞬間哐噹一聲，門鎖開了，巨大的櫃子裡唯一剩下的東西就只有一小包大麻，顯然那就是父親留給她唯一的遺產了。她把為數不多的東西通通塞進包包裡，牽著母親的手離開了那裡。

李誘墨的母親沒有接受跟女兒一起去首爾的提議，她的人生中只經歷過一次首爾的街道，那種繁雜與陌生的感受令她深感恐懼。這位老母親已經接近七旬，平常就運作得相當遲緩的智力，因為受到巨大的衝擊而處於麻痺的狀態，李誘墨經過深思熟慮以後，決定把母親帶到舶來品店的阿姨那裡照顧。那位曾經親手接生過她的老闆娘，幾年前剛好開始經營老人療養院，口頭上講起來好像是很大的事業，但其實只是在商家二樓分出小房間接待老人的社會福利設施，收容老人並讓他們在那做一些摺紙之類的事。裡頭的空間雖然很小但很乾淨，至少老闆的為人值得信賴。那位盤著一頭白髮，粗腰上繫著圍裙的舶來品店阿姨二話不說就接受了她們，她拍了拍因為籌不出療養院費用而發愁的李誘墨，好意地說情況允許的時候再匯錢就好。她的母親在她離開時還挽著阿姨的手向她遠遠揮手告別。

李誘墨一個人回到了首爾，她手裡只剩下五十二萬元[2]了，那就是她全部的財產。她會為她過去所犯下的錯誤後悔嗎？會不會遺憾為了過虛假的大學生活而浪費掉的時間和金錢？在那段時期裡，她在日記上一字也沒提過自己的心情，只是簡短記錄了剩餘的錢的支出明細，以及對麵包和水、衛生棉價格的看法。她住在沒有窗戶的兩坪考試院房間裡，雖然一時也曾計畫在那裡開始準備公務員考試，但等到手上的錢剩下十萬元[3]左右時，她的心情便跟著不安起來。李誘墨從所有衣服中挑出了一套最好的穿上，很快就出門找工作去了，那時她還得固定匯錢給幫忙照顧母親的療養院。

2. 譯註：約合臺幣一萬兩千元。
3. 譯註：約合臺幣兩千三百元。

4 徵才廣告

大學即將畢業那年，我曾一度去電影雜誌社當實習生，說好聽是實習生，但其實是只拿了一點交通費卻得從靈感會議到海報拍攝到處跟著跑的勞工，那是一種還能從家裡領得到零用錢才過得了的生活。其他五個實習生都跟我一樣是高學歷的無能力者，我們追著虛無縹緲的夢，執著於看不見盡頭的瑣事。

那時的我正和一個三十幾歲的電影導演K交往，他是很早就在國內獨立電影節中受到矚目的新人導演，對自己的才能很有自信又極有膽識。我在第一次約會就對他深深著迷，從那時候開始就失去了關係中的主導權，平常只要聯繫不上對方就心急如焚；大半夜的一通電話就能讓我立刻跑到他身邊。那時候我真的以為那種焦躁得失去理智的感情就是幸福，但是那個曾經幸福的女人罹患了厭食症，即便在他面前還是一副健康享受生活的樣子好好進食，但吃完以後就會馬上跑去廁所把東西全都吐出來。這個厭食症也不知道是不是來自他曾用滑稽的表情說出的那句話：「我不把看不到肋骨的女人看作女人。」還是其實是源自於我在沒有報酬的過勞工作下患上的某種職場新人精神病症。總之我不斷把吃下肚的東西吐出來，一直吐到體重下降到四十公斤左右時才停止。在那之後幾乎是選擇了不進食，一天就只靠一杯黑咖啡和兩片起司活了下來，我因為胃酸逆流牙齦都發炎了，骨頭也幾乎到了骨質疏鬆症的邊緣。大家毫不保留地頻頻稱讚我有很棒的身材，女生們看到我都毫無來由地暗自洩氣，世界上沒有其他東西能為我帶來一樣的回報了。但是那時候的我會因為一點小事就發神經，也很容易感到疲倦，到後來我不但沒能把握已經幾乎到手的轉正職機會，和關係已經很深厚的導演男友也發展不順。最後為我這個像骷髏一樣瘦骨嶙峋、整天鎖在房間裡頭的女兒刷了英國單程機票的，是我的父母。

我和我的大紅色行李箱一起乖巧地被飛機給載走了，最後在英國南部的一個海岸小村莊卸下了行李，隔年開始在當地的市立大學上英國文學課，也在那裡遇見了正在攻讀博士學位的先生。他是一個肚子微凸，鬍子留得跟大叔一般的男子，也是個生活規律到眾所皆知的男子漢，不僅擔任韓裔青年會的會長，每週還會到附近的孤兒院做義工。

我一開始小看了他，但後來逐漸產生好感，過了一學期，我就搬進他家和他同居，在那裡我開始提筆寫起了第二部小說，那部小說後來在一家出版社的公開徵選中獲選，我也因此成為了小說家。

先開口向先生求婚的人是我，那時候我很想證明自己已經長大成人了，也想永遠留住那個多情男人的心，同時更想慶祝我的青春。我們在沒有父母出席的海岸咖啡館結婚了，那年我才二十歲，正好是希望人生永遠不會結束，能夠一直延續下去的年紀。

二十五歲的李誘墨在平昌洞的A美術館擔任畫廊選品店「ART」的店員，在那之前還待過化妝品店、專業咖啡烘焙店、客服中心、啤酒吧、大型超市、皮膚管理診所、高爾夫球場，還包含幾個沒有公開名稱的場所。這個時期的日記明顯可見多處空白，她雖然無論扮演什麼角色都能恰如其分，但也都很難撐過一段時間，做不久就會感到厭煩，最後只要有一點小問題就會辭職換工作。她在A美術館待的時間反而是少見得久，待了整整一年，這全都是因為工作環境特別好的緣故。

美術館的主人姜畫家很早就繼承了父母傳下來的周邊土地，是個在平倉洞土生土長的當地人，同時也擁有附近幾棟房產。他把畫畫當成自己的興趣，經常出入拍賣會，妻子則在A美術館的頂樓經營餐廳。在ART這間藝廊中，主要販售的是與A美術館正在展示的作品相關的藝術商品，以及姜畫家親自挑選來的各種工藝品、寶石藝品和雜貨。這家標榜以高級眼光挑選並蒐羅各種物件陳列於一處的選品店，特別受到前來享受早午餐、對生活百般倦怠的貴夫人歡迎。姜畫家是一個很值得學習的策略家，他在從土耳其進口的象牙鏡旁邊陳列從南大門搬回來的木製相框，定價就定得和進口象牙鏡差不多；鑽石戒指旁邊則擺上價值一萬元[4]左右的玻璃戒指，再和客人收原價十倍的價錢。儘管一天中來往的客人並不多，但藝廊的利潤還不錯。

姜畫家讓自己的女兒薇莉當了ART的老闆，姜薇莉是個三十三歲的女子，她先是在音樂學院主修鋼琴，後來因為沒有什麼特別的志向而前往美國留學，但最後果然還是沒有什麼展望，只好默默回到韓國。這個無拘無束的富家千金姜薇莉，總是在午餐時間左右，才開著賓士出現在ART的店裡，接著就直接上樓到頂樓的餐廳吃飯。在剩下的

4. 譯註：約合臺幣兩百四十元。

下午三、四個小時裡，她只是換著古典音樂的黑膠來聽，在太陽下山以前就出發去日語學院上課了。因為她特別喜歡花卉的緣故，手裡經常扛著一大把昂貴的進口花出現，是為了插在店裡裝飾和分送給客人用的，李誘墨也收過那樣的花幾次。姜薇莉本人就和那些從不輕易凋謝、一到時候才會枯萎得優雅的花一樣，從外表上看不太出年紀，她那保養得很好的皮膚和牙齒、和母親外型相似的高眺身材，以及無憂無慮的天真都讓她渾身上下散發出獨特的光芒，那時候的李誘墨覺得自己和她比起來更像一名上了年紀的女子。

當時的李誘墨比以前胖了將近十公斤，這都是因為在深夜吃消夜害的。她靠想著晚上要吃什麼來熬過每一天，她每天都要推銷東西給別人、販賣自己的耐心或是笑容，反正只要能換成錢的，她全都拿出來賣了。當回到考試院裡終於剩下一個人時，為了享受一個人真正的獨處時間，她會打開巴掌大的電視機，邊吃著又辣又鹹的食物流汗，這麼一來她的腦袋就會變得一片空白，只剩下肚子飽得令她喘不過氣的思緒。她每天都保持這樣的狀態，好不容易才能恢復呼吸入睡，早上起床為了幫腫脹的臉消腫，她會用冰水來洗臉，還因為照鏡子會讓她傷感，所以總是先撇開視線。她對漂亮的衣服和鞋子再也不感興趣了，每天穿著黑色的褲子和白色雪紡衫走上平昌洞長長的上坡路。

在ＡＲＴ工作的時候，李誘墨一天假都沒辦法放，這是姜畫家從一開始就明確規範的工作條件，因為姜薇莉的上班時間不規律，動不動就會出國旅行、參加高爾夫聚會或每季舉辦的派對，因此經常缺席在ＡＲＴ的工作，李誘墨幾乎等於是一個人全職守著這家店。

李誘墨一整年都沒能去見母親，只能匯出豐厚的獎金來替代她的缺席。在母親生日的十二月三十日，李誘墨想用幫母親慶生的理由來爭取休假，沒想到才剛開口就吃了一肚子悶灰，被大大羞辱了一番。姜畫家數落她：「如果想要用這種方式工作，不如乾脆離職不要做了！」李誘墨連忙慌慌張張地不停搖手道歉，表示自己思慮不周說錯了話，但事發第二天，當她看到姜薇莉和朋友們一起出發去芬蘭旅行、享受ＳＰＡ三溫暖時，還是瞬間覺得心裡深處有什麼東西崩潰了。

十二月三十一日晚上，李誘墨關上店門從店裡走了出來，她把現金盒裡的所有錢全都掃進自己的口袋。外頭正在下著雪，從頂樓餐廳下班的員工看到她後還特別和她打了招呼，不過她拒絕了廚房老么問她要不要一起去喝一杯的邀請，獨自一人踩著積到腳踝的雪去了首爾站。她在車站前那個把糕點堆得像山一樣的甜點店買了一個蛋糕，之後便搭車去找母親，見到了久違的女兒，母親興奮得連連拍手叫好。

李誘墨在母親那裡待了整整一個月。幫母親梳那頭稀疏的頭髮、一起吃蛋糕，還一起看了紅髮安妮的電影動畫片。那部動畫是她小時候最喜歡的作品，但現在看卻一點感覺也沒有了。ART一直都沒有聯繫她，似乎是把那些消失的一點散錢當成是她的離職津貼了，李誘墨也心知肚明，外頭的每條大街上都有的是年輕女性可以取代她的位置。

從那之後，李誘墨繼續像個幽靈般去了好幾個不同的地方工作，或許從ART逃走是個大錯誤也說不定。以前姜畫家也對她說過：「好好學習怎麼把這家店管好，以後把開一家妳自己的店當成目標吧。」那句話其實是最實際的建議了，但是李誘墨對那樣的未來卻一點都無法感同身受，她覺得推銷東西、鼓吹人們打開皮夾和數錢這樣的工作到頭來都只是暫時性的，她做夢也不會夢到她會在那樣的工作上永遠停留。

她繼續揉著腫脹的小腿，看著免費報紙上印得密密麻麻的徵才廣告。某天清晨，「誠徵鋼琴主修者」這段印在廣告傳單上的文字吸引了李誘墨的目光。那是一所在放學時間後教小學生彈鋼琴的鋼琴教室，一週能上五天班，薪水也比她做過的任何工作都來得高。她盯著廣告上印著的黑色平臺鋼琴插圖出了神，心中燃起了毫無根據的希望，她比誰都還要清楚自己可以把這件事做得很好。

寫完假履歷以後，李誘墨才意識到那是姜薇莉的東西，就一個在鋼琴教室教彈琴的工作來說，這份履歷確實是華麗得太過頭了，但她還是照樣把履歷帶過去鋼琴教室。鋼琴教室的院長連她的畢業證書都沒有要求，反而要她彈一首蕭邦的小曲，雖然已經過了很久了，但多虧當年菲莉普斯夫人嚴厲的教誨，她的腦海中還深深刻印著當時的樂譜。院長對她的表現非常滿意，只是要求她在開始上班以前好好減重，說畢竟沒有一個孩子喜歡胖胖的鋼琴老師。她連忙點頭答應，面試十幾分鐘內就被當場錄取了。

已經累積幾年不順的她，人生就此搭上順風車，第二年她結了婚又離了婚，但這些都沒有留下正式的紀錄。實際上他們結婚不到兩個月就離婚了，男方的名字叫趙民浩，是在李誘墨工作的鋼琴學院同層的銀行上班的男子。

● REC

到底要講幾次您才會懂呢？我說過我什麼都不想講，連我老婆都不知道我以前結過婚的事！我們只是住在一起沒多久就分開的關係，然後我剛好有在親朋好友面前跟她辦過婚宴而已。換個立場想看看吧，我老婆知道這件事難道不會覺得被騙了嗎？對不對？我真的不想要傷害老婆的心，您一定要確定這件事可以完全匿名才行！

我結婚到今年已經八年了，有一個七歲大的兒子。那孩子真是擋都擋不住的頑皮蛋，一整天跑來跑去汗都不會乾，都不知道他的精神都是從哪裡來的。我不知道在哪裡看過有人這樣寫過，說人的一生在兒童時期就已經到頂點了，在那之後都是慢慢死去的過程，我感覺他說的都是對的。您看看，我現在才要四十歲而已，看起來就已經像是會走的殭屍了。

我是在三十一歲的時候遇到那個女生的，我現在雖然在總公司的企業金融組工作，但那時候還在分行坐櫃檯。那個分行是在新都市的一棟新大樓裡面，那個女生上班的鋼琴教室就在同一棟大樓，這樣想起來，我那時候還真是年輕啊……

反正我在收到調去分行工作的通知之前，剛好跟交往快要八年的前女友分手了，因為實在撐不過倦怠期……我們以前是大學的校園情侶，還有人幫我們取綽號叫作鸚鵡[5]，說我們是鸚鵡夫婦。前女友個性很善良又安靜，在我入伍的時候一直等我，後來在我剛找工作沒錢吃飯的時候，她也是會默默在我口袋放零用錢，是非常犧牲奉獻的女生。那時候她已經在大學附設醫院當護士了，薪水比我還要高，我被銀行錄取之後，他們家就開始慢慢對我們施壓，要我們趕快結婚，但是那對我來說真的非常可怕。反正我們要分手的時候，什麼樣的髒話跟詛咒都聽飽了，她媽媽還說了一句讓我全身起雞皮疙瘩的話，她說我「幹這種事就算到陰間也會有報應」。但是要怎麼辦呢？我們都已經是「鸚鵡夫妻」了，到底是為了什麼還要特別去結婚呢？我到現在看到年輕女孩子都會勸她們不要對男人太好，因為人總是喜新厭舊，沒有人想要跟昨天一樣的東西，這樣活下去，每一天都很無趣。

總之我就這樣跟前女友分手，拿了到分行的轉調通知就直接搬去新都市，那個新都市到處都是整整齊齊的大馬路，不管是在公園還是廣場前面，都經常看到推著嬰兒車的年輕夫妻。我的心情因為剛分手的女朋友每天都非常沉重，那時候開始覺得結婚好像沒什麼大不了的，心裡也很寂寞，沒什麼胃口，覺得做什麼都不好玩，每天都會在大樓

5. 編註：有感情好之意。

的花壇前面抽掉一整包菸。有一天那個女生在鋼琴教室前面等我，她說我菸抽得太多了，整個花壇到處都沾了我的菸味。

「再讓我聞到一次菸味，我就會去銀行告你的狀！」

那個女人撂出這句話警告我。說真的啦，我那時候覺得非常不爽，她那種威脅的態度，還有身上穿的那種花得要死的衣服、破破爛爛的T恤跟超短牛仔短裙……全部都讓我看不順眼。先不要說這些了，她本來就是那種每次經過公司走廊，不小心看到就會心情不好的女生——是覺得自己是模特兒嗎？還是最近的鋼琴老師都是穿那樣在上課？我經常跟同事這樣抱怨。

「趙代理你是不是喜歡鋼琴老師啊？」

有一天同事問我。

「聽說今天那個補習班有開演奏會，去看看吧。」

看著不知道為什麼笑得很開心的同事，我著急地跳起來，問他們到底在說什麼。那天晚上下班的時候我看了一下，補習班前面真的很熱鬧，看起來很像一回事的花環也擺了好幾個，整個看起來都不像是什麼小活動。然後裡面就開始傳出來很多很耳熟的曲子，是在百貨公司或餐廳經常聽到的那些鋼琴曲目，不知道是莫札特還是貝多芬。我從沒去過古典鋼琴演奏會，那天完全是因為好奇心才被吸引的。小朋友穿著蝴蝶翅膀那樣飄逸的禮服，家長們手捧著花束迎接，旁邊還有一大群忙著拍照的人，在那之間我看到了擺放著平臺鋼琴的中央位置，在那裡看見了那個女生。

她穿著紫色雪紡連身裙在彈琴，整個人看起來跟之前完全不一樣，修長優雅的手指在鍵盤上來回穿梭，彈奏出活潑的旋律。她露出的胳膊在燈光照明下看起來就像黃玉一樣閃耀。鋼琴教室把教室內部布置成了演奏會舞臺，聚集在那裡的人全都屏住氣息看著那個女人。演出結束後，我和從椅子上站起來行禮的她對到了眼睛，我嚇了一跳，趕快逃出了那裡，就好像被識破了什麼一樣。

後來我就無法停止想她，即使每天出門上班，我的心還是會不自覺往鋼琴教室的方向去，偶爾也會偷偷看和小朋友在一起的她。她感覺是個非常喜歡小孩子的人，總是和孩子們在一起，我從她和他們一起又笑又鬧的感覺看上去就覺得一定是那樣。就這樣過了十天左右，我終於覺得不能再這樣下去了。

我去鋼琴教室說我想學鋼琴，院長默默地看著我，問我是想跟哪位老師上課，她是一個很會看人臉色的人。我在一間有鋼琴的教室裡等那個女人來的時候，心臟跳得飛快，這是長大以後第一次有事情讓我緊張到手心大冒汗。開門進來的那個女生比我想像中還要高，一時之間，我感覺她一個人的存在就充滿了整個狹窄的教室。

「現在菸都在哪裡抽呢？」

「……戒了。」

這麼一說完，她就突然向我伸出手，我連她講的英文是什麼都不知道就跟她擊掌了，我們一起笑了出來，心情就舒服多了。她個性非常灑脫，是很會笑的女生，過不久我就約她出去約會，她也很爽快地答應了。

我們的約會都很簡單，都是兩個人下班結束後去附近的啤酒吧吃炸雞配啤酒，或是去看深夜電影，要不然就是開車去河濱。她是從音樂系畢業又留學過的人，整個人卻沒有那種高傲的感覺，讓我印象很深刻。她跟我說父母在國外做生意，她一個人回國是因為想要擺脫父母自己獨立看看，但生活卻沒有那麼容易，或許是因為這樣吧，有時候她臉上看起來特別寂寞。

有天雨下得特別大，我和她邊喝酒邊玩了真心話大冒險的遊戲，我問的很多問題她都沒有正面回答，所以喝得特別醉，連走路都走得不穩。最後沒辦法我只好把她帶回我房間去，她身上穿的絲質雪紡衫都被雨淋濕了，從外面很明顯可以看出她的身材。我把她放在我的床上，這不知道讓我有多興奮，到了耳朵都在打顫的地步。

「民浩呀，你真的不懂我，如果都知道了可能會被嚇跑吧。」

那個躺在我枕頭上披頭散髮的女人用她清澈的眼神看著我說。

「那對每個人來說都一樣吧。」

「但程度還是不同的。」

「什麼意思？」

「罪的程度有輕有重，都不一樣呀。」

我一心只想著怎麼脫掉她的衣服，但那個女人在我床上只是整晚嘮叨著跟「罪」有關的話題，我沒多久就洩氣了。

「酒醒之後就去洗把臉出來吧，我們來煮拉麵吃！」

那個女人傻傻地看了我一會兒，隨後就伸手拉住我親了過來，那個吻很深刻，很濃烈，在雨聲中擁抱女人赤裸的身體真的很棒，隔天一早的空氣都比平常還要清爽。

您問我什麼時候下定決心要和那個女人結婚嗎？我和她交往大概一個月左右，有一天在散步的時候，我先跟她求婚的。我以前談過把對方的五臟六腑都看得清清楚楚的那種……非常親密的感情，也因為一些無所謂的理由就打破這樣的關係，讓我覺得男女之間的感情和交往是無常的，也沒有什麼大不了，反正就是那樣。我那時候的心情只是想趕快進到人生的下一個階段，剛好住在一個小套房的生活也讓我非常鬱悶，特別想在更寬敞舒服的地方躺在新沙發上看電視，當然啦，我也有喜歡那女人到想和她一起生活的地步。

我們是在市中心的婚宴館結的婚，那是一個一天會辦十場以上的婚禮的地方。那天那個女人看起來特別不安，不僅流了非常多汗，還跟平常不一樣，講話特別會打結，我以為那是新娘很正常的反應。從美國回來的岳父岳母看起來都是很有教養的文明人，但他們說因為事業的關係，婚禮結束當天就得直接回美國去，我們跟他們約好暑假的時候要去拜訪他們，只是我沒有想到在那之前我們就分手了。

從泰國蜜月回來大概過了一週以後，帳單就開始飛來了，是那個女人的信用卡帳單明細，裡面包含我們結婚時買的家具家電，還有床組的一部分費用，這些都是動用現金貸款買的，當我問她為什麼要借錢的時候，她只是平靜地回答「對」。說真的我那時候就已經非常驚訝了，但還是讓它過去了，因為實在不知道該說什麼才好。當時我就在想這難道是一種美國的作風嗎？我很早就把家裡的經濟管理權交給她了，後來才非常後悔，因為她是一個沒什麼理財觀念的女生，家裡有很多她衝動下單買的東西，很多真正需要的東西都不在該有的位置上，每次看她去買菜卻都只買回來很多餅乾跟飲料，真的看不太下去。

我也沒有期待她做好什麼妻子的角色，只要偶爾能吃上一頓熱騰騰的飯、在整齊乾淨的房間裡面睡覺就夠了，但那個女人根本什麼家事都不會做。她一次也沒有好好洗過衣服或打掃，水槽裡面經常堆滿發臭的碗；地板上積滿灰塵，還有很多沒有整理過的衣服堆滿整個衣櫥。更別說她平常非常不喜歡待在家裡，無論是平日或假日都想出去走走，主要是想去百貨公司或大型商場。您一定要看看她去名牌店的時候，眼睛都不知道有多亮呢，後來真的讓我忍無可忍了。

我們大吵了一架，還打過一次架。有一次我不小心扯住她的衣領讓她嚇了一大跳，說要跟我分手。我覺得不管再怎麼美式作風，這都不太對。

「連努力一次都沒有，這麼容易就說要分手？這樣像話嗎？」

我氣喘吁吁地大叫。

「你說的努力不都是希望我來改變嗎？但我已經沒有心情再繼續努力了。」

聽著她冷靜的回答，我的耳邊突然回響起前女友的母親曾說的「報應」，那時候我才知道自己到底幹了什麼。我回家吃了一碗熱騰騰的粥，我連什麼叫珍貴都不知道，自己亂跑出去，最後淪落得像一隻野狗，在外面自己白白餓肚子。

我們連結婚登記都還沒有辦就鬧出這一場鬧劇，也不用特別辦什麼其他手續了，就這件事來說是真的很方便。反正新婚生活泡湯以後，我就自己一個人在空房間待了好幾個月，就像露宿街頭的人一樣在地板上睡覺吃飯，可能就是一種自虐吧，或者我還在等那個女人回來也說不定。總之隔了一年，我相親認識了現在的老婆，她父母很早就過世了，是從小就一個人扶養弟弟妹妹，生活能力很強的女生，這次我們只招待家人，辦了很簡單的儀式。

結婚典禮當天，妻子進場的時候我的耳邊聽見了很熟悉的音樂，是之前那個女人在鋼琴教室演奏過的曲子。雖然我們的結局是場悲劇，但我還是很清楚記得那時候的回憶——光線流淌在婚紗上，她的頭髮柔順帶有獨特的光芒，柔軟的手臂，以及揮舞在空中修長而美麗的手填滿了貧瘠的我，她的存在充滿到幾乎要滿溢出來似的，高高在空中蕩漾。當妻子走近我的時候，我張開雙臂擁抱了她，妻子有點顫抖，可能我也在顫抖吧，因為那時候的我根本不知道接下來會發生什麼事。

*

A美術館的規模不大，但因收藏許多當代富有潛力的新銳藝術家作品，在業界富有盛名。我週末帶著女兒去了A美術館看了抽象畫和銅版畫的特展，還在同棟建築物的頂樓餐廳吃了草莓聖代，這時候姜畫家夫婦已經不再是那棟建築物的主人了，聽說他們早就看上另一處更具規模的大樓，把這棟建築賣掉好幾年了。

在這裡工作超過十五年的警衛想不起來李誘墨是誰，只說姜畫家的女兒姜薇莉在結婚之後就把ART畫廊給關了。ART消失以後，取代這塊空間的是從外面進駐的海報店，我讓女兒選她喜歡的畫，她選了一幅波普拼貼風格的白色長頸鹿海報，說要寄給住在英國的爸爸，我們把海報打包好後就走出了美術館。

「爸爸什麼時候才要回家呢？」
「這個嘛……」
女兒的問題讓我答不上來。
「上次不是說只到上學期而已嗎？」
「我是說暫時會到上學期，但簽約的時間還是有可能會延長呀。」
「妳和爸爸分手了對不對？」
我停下腳步看了看孩子，她眼裡的黑眼珠正在閃爍著。
「妳為什麼這麼想呢？」
「先是吵架、然後分開住，這樣子最後都會分手的，我朋友都這麼說。」
「不是啦，那個……我們現在還不知道會怎麼樣。」
「那什麼時候才會知道呢？」
「等爸爸回來以後吧。」
女兒閉上嘴巴，沒有再說其他話。
適逢週末時間，市中心的馬路堵得跟停車場一樣。收音機一打開傳來的是薩提鋼琴曲，正好是先生喜歡的曲目。很久以前，每天早上我都會為了他一邊烤麵包，一邊放這首曲子出來聽，緩慢的琴聲和麵包香味就是我們新婚時的早晨風景，回憶裡充滿著彼此對坐、看書寫作的客廳小桌、一同熬夜笑鬧的朋友們，以及毫無計畫就動身出發的火車旅行……

在英國度過的新婚第一年是我人生中最充實的一段時光，我相信我的人生因為遇到一個男人而變得完美，還因此真心憐憫獨自在路上徘徊的女人們。當然我們也會吵架，但即便我們曾對彼此傾倒過激烈的厭惡，卻又會因為對方顯露的一點幽默而忍不住捧腹大笑。我們的生活很單純，我們的世界就只存在我們兩個。只是誰也沒想到，只不過是一個瞬間，時間就超越了我們。

「心臟聲音有兩個呢，知道這是什麼意思嗎？」

結婚第五年時，我因為胃脹氣去了醫院，紅頭髮的愛爾蘭籍女醫生就像在考我謎語一樣雀躍地問我。坐在椅子上的我和旁邊站著的先生同時愣住了，超音波影像上怎麼看都只有一片模糊的暗影，其他什麼也看不清楚，就像在海底深處拍的照片一樣。女醫師指著畫面裡的兩顆小點說：「是雙胞胎唷！」我和先生瞇起眼睛再瞅著那兩個點仔細看，兩個人臉上都是哭笑不得的表情。那一年是先生正要開始寫博士論文的學期，而我正在規劃一本長篇小說，那個驚喜對我們來說就等於是場突發事故。

我們從醫院出來以後，先生去了學校，我則逕自返家。我們決定各自整理一下彼此的想法，約了晚上在西班牙餐廳見面，但在太陽還沒下山以前，先生就先打了電話給我。

「仔細想想，我剛剛好像都沒有說謝謝。」

先生的心中好像已經決定開心迎接孩子的到來了，其實結論也好像早已有了定數，但是怎麼會是「孩子們」呢！——不是一個而是一次兩個。老實說我還有點恍惚，我還沒做好當媽媽的準備，而且我為了這本即將要開始動筆的新小說已經調查了幾個月的資料，也拜訪過許多的人，只剩下開始動筆寫稿而已。我從來不懷疑這本小說將會徹底改變我的一生，為了不耽誤這份重要的工作，我正在進行最後一階段的步調調整，誰知道某天卻突然有兩個受精卵在我體內開始默默成長起來。

當天晚上我們商量了要不要暫時回韓國生產的想法，最後都同意先按照原本的計畫，在先生寫完博士論文之前一起留在英國，我們兩個人都認為無論發生什麼事都不能分開過日子。吃完飯從餐廳出來時，路邊有個小水坑，他擺出誇張的姿勢向我伸出手，我笑著握住他的手跳過了水坑。兩個生命，雙倍的喜悅，我們給兩個孩子取了「巴尼」和「約尼」的小名，分別來自我們英文名字的第一個字母。

懷孕初期我在哪裡都能感受到睏意，就好像被藥灌醉一般，不管是在圖書館、公車上、浴缸裡、劇場還是棒球場……我都能束手無策般地陷入沉睡。夢經常比現實來得更真實，因為夢留下的殘影太栩栩如生了，就算夢醒了也一時找不回平靜。接著害喜也開始了，不管吃什麼都覺得有股酸臭的味道，雖然很想吃媽媽做的飯和燉湯，但想這些事也是徒勞，最後我靠著只吃優格和藍莓撐了下去，每天一直拚命刷牙，刷到刷頭的毛都掉光了。

當我們再次去見那個紅頭髮的女醫生時，她臉上的笑容不再，她說雙胞胎中的一個孩子狀態好像有點虛，心跳聲非常微弱，兩個胎兒的尺寸差異也非常大。她平靜地說明如果其中一個胎兒不能自然淘汰，那另一個孩子也會有危險，因此勸我們選擇人工流產。

懷孕第十週時，我躺在手術臺上確認超音波畫面最後一次，打碎了「約尼」心臟還在跳動的胚胎房。從醫院回家的路上，我在車內血流如注，把先生的小現代房車後座都染紅了。先生驚慌失措地透過後照鏡看著我，不停說著沒關係、沒事了，但到底是說什麼事沒關係呢？是我把他的車弄髒的這件事嗎？還是說我們把那個心臟還在微弱跳動但相對比較弱的孩子——怕他對較健康的孩子造成生命威脅——而殺了的這件事呢？我真的很想問他這個問題，但始終沒有問，因為我很清楚，只要我們開口對話，就會自然理解對方的想法，而這對約尼來說卻是一件非常噁心的事。

送走兩個孩子中的其中的一個後，留下的孩子在更寬廣的母體裡面成長得比以前更加茁壯，我全身腫得連手指都彎不下去，胸部周圍的乳腺腫脹得發青，上廁所的時候因為痔瘡腫得突出，必須用手指來拉出肛門的形狀才行；不僅如此，全身上下還有跟皮癬一樣的皮膚問題，經常因為搔癢抓到破皮；呼吸不順走路也不穩，常常坐下來就隨便抓看得到的東西吃；孕期間我還聽人說喝花草茶可以幫助羊水清澈，整天喝超過兩公升的花草茶，再拖著笨重的身體搖搖晃晃地去上廁所。以前我精心維護的女性形象早已消失得無影無蹤，隨著預產期的接近，我經常獨自斜躺在沙發上睡著，一到晚上雖然想著寫點東西，但坐在書桌前的我卻是一點想法也沒有，還因為雙腳時常腫脹發麻，也沒辦法好好坐在書桌前太久。

我從來不跟肚子裡的孩子說什麼胎教故事，雖然把手放在肚子上就能感受到孩子在動，但實在不知道要跟她說什麼才好。當我說想要剖腹產的時候，先生看著我的表情像是無法理解我的想法，但不管怎麼樣，最後我還是透過手術把孩子產下來了。當我從麻醉中醒來時，一個全身紅通通的孩子已經被送進我的懷裡，孩子不太會吸奶，到頭來我的胸部還是乾癟癟的，換來的只是恥骨正中央一個虎口般大的手術疤痕，那個傷口腫脹得像條蚯蚓一樣。

我們把孩子放在小提籃裡一起回家的那天，先生送了我花和蛋糕，當時的我們的確需要那些象徵希望的符號，但當天晚上孩子整個半夜醒來了五次，每次都只喝一點點奶水後就沉沉睡去，過沒多久又忍受不住飢餓而突然爆出尖銳的哭叫聲。那孩子幾乎要把我逼瘋了，先生卻還是像個無能的助手一樣，在我身邊晃來晃去，最後才無精打采地退場。他為了給我們買湯和幾塊麵包過生活，還是得出門講課，而我卻已經完全失去了經濟上的功能，因為要讓在外面賺錢養家的丈夫回到家能夠好好休息，我必須盡量把孩子帶得遠遠的。當清晨時分我在客廳給孩子餵奶時，房裡傳來的打呼聲和身旁嬰兒颼颼吸奶嘴的聲音輪番襲來，孩子像在追求愛情一樣緊握住我的衣角，我只能把衣角從孩子的手中抽開，用毫無靈魂的眼神俯視孩子在空中胡亂揮舞的手。腦子裡則是亂得像團爛泥，頭痛的症狀也從不止歇，只知道桌上連動筆都沒辦法的小說已經高高堆成了一疊白紙。

只有在我拜託、懇求，還有傳達明確指令的時刻，先生才會幫忙照顧孩子，這種模式實在沒辦法建立什麼夥伴的革命情感，孩子最後還是完全變成我的責任。我一整天被關在狹小的公寓裡，最難以承受的就是我的存在完全被浪費掉的事實，我的青春，我的才華，我的靈魂，那些原本可以用來成就偉大功業的時間都流進了孩子這個大黑洞。我厭惡那個孩子，就連孩子為了滿足自己的慾望發怒大哭的時候，我的心中也感受不到一絲絲惻隱之心，甚至有時候還會忍不住幻想用暴力讓孩子屈服，或者消滅她，最好是能讓她再也發不出聲音——總歸一句，我是一個沒有資格做母親的人。

那時我會定期去醫院拿睡眠障礙處方藥，只要不吃藥就睡不著，吃了藥卻會沉睡不醒。只是當時誰也不知道我的狀況，當我一路睡到大中午才醒時，先生已經去學校不在家了，在陽光中獨自玩耍的孩子嘴角掛著口水一邊看著我燦笑，我則是像盯著陌生人一般看著那個孩子。

我心裡想著：就等孩子長大再說吧。因為不這麼想，我大概就會撐不下去。我不想一整天待在家裡，於是總是帶著孩子去百貨商場花很長的時間買菜，挑著那些顏色鮮豔的青椒、牛排用的肉，順便買給孩子穿的T恤和洋裝，或是突然心血來潮翻起室內裝潢的書。我把架上擺的商品一件又一件仔細拿下來看，想著商品的內容物和用途打發時間。

在我就像待機一樣等著人生流逝的期間，先生一步一步按部就班寫好了論文，也拿到了博士學位，晚上和先生相對而坐時，我們彼此經常無話可說。我懶得配合他的脾胃，他也沒有想讓我理解，我們只好把女兒擺在我們之間，看她逗我們發笑或做出一些舉動讓我們驚嘆不已，不這樣做的話，我們實在沒有別的共同話題了。以前有一陣子我們曾經會徹夜聊個沒完，為了讓對話延續下去而忘了吃飯，但現在卻連到底講過什麼話都忘得一乾二淨了。

他和我在那時雖然還是朋友，但性事已經逐漸變成義務，一週一次，偶爾兩週一次，為了不吵醒睡熟的孩子我們會壓低聲音把那檔事做了。那時我經常靠著女兒睡在床上，先生則是在客廳的沙發過日子，做完那件事我們就會靜悄悄地各自回到原本的位置，然後我再自己偷偷用自慰了結慾望。生完孩子後，我的身體不知道哪裡產生了變化，不僅只是身形變得臃腫遲鈍，感官的強度也變弱了，原本銳利而強烈的感受變得輕柔綿長，身體似乎是把多餘的元氣都分給了孩子，讓我總覺得要得太少，總感覺空虛飢渴。

孩子三歲時，我和先生分別回國，當我們終於有餘裕聘請保母時，先生送了我一間工作室當禮物，是讓我從這時候開始好好投入工作的意思。回國之後我也收過幾間出版社的委託，於是我便拿出以前為了準備動筆寫小說時做的筆記從頭到尾仔細看，但在看完全部的筆記之後，我的心中卻充滿疑問，到底當初為什麼想寫這種小說呢？到底有誰會看這種小說呀？啊，不是的，是小說對人生到底有什麼意義可言呢？

這是一個徹底動搖我的根本問題，我對那些長年拉著我往前推進的工作再也不感興趣了，這麼一來我僅剩的就只是一個對世界上的任何事物都不感興趣的三十多歲女人。這個女人曾經有的活力和美好都被丈夫和孩子給奪走了，因此她默默地憎恨他們，但即使如此，女人也害怕被他們拋棄，因為現在他們就是女人的名字、女人的家，以及女人的現實。這個女子每天都會做殺了他們的夢，又會在睡夢中驚醒，看見他們在旁邊沉睡的臉龐，因此鬆了一口氣。這個女人知道她的人生已經和自己擦身而過，那個擦身而過的地方到現在都還像被火燙過一樣熾熱。

5 偽造證明

李誘墨在鋼琴教室裡是個實力備受認可的老師，平常面對那些極度愛護孩子的家長，既要配合他們的脾胃，又得在和他們保持熟絡的關係之餘避免不被拆穿偽裝，這些其實都不那麼容易。李誘墨為了證明她有高於平均水準的卓越假學歷，不得不小心翼翼維持自己的形象，她會用高貴的裝扮、華麗的飾品、還有留學時期的軼事來拉攏大家的心，但危機還是無時不在，最後她不得不換工作的主要理由也是因為同事積極想要拉近的彼此距離。比李誘墨晚一年加入鋼琴教室的某位同事對她的畢業學校表現了過度的關心，還不斷強調自己的朋友是那間學校的校友，改天要直接帶她過來補習班參觀，這讓李誘墨不免覺得是不是對方早就拆穿了她的一切，才會故意開她玩笑逗著玩。總之李誘墨後來對去鋼琴教室上課的這件事越來越有壓力，還嚴重到胃食道逆流，幾乎沒辦法進食。

當時她和趙民浩的關係也正好走在漸行漸遠的方向上。他在婚後就頻頻擺出明顯的態度，表示對她感到失望。李誘墨做為一個一分錢也沒有的窮光蛋，不僅沒有扮演好家庭主婦的能耐，為人也沒有任何溫順之處，隨著老公的牢騷越發越多，她整個人也跟著意志消沉，對方只是一靠過來，就會蜷起身體想躲開。他們之間的爭吵越來越多，講的話越來越粗暴，和趙民浩口中說的「只抓過一次領口而已」不同，暴力的程度相當高。李誘墨在日記上把被施暴的事寫得非常鉅細靡遺，仔細描述了他怎麼壓制她、怎麼伸手抓住她、推開她、揍她——用拳頭揍和用手掌拍打的疼痛程度有什麼差異、血流了多少、瘀青是什麼顏色……更可怕的是暴力的強度顯然隨著時間越來越大，她開始害怕在被趙民浩揭穿所有謊言之後會發生什麼事。那個全身關節各自朝著不同方向伸展、整個人癱倒在地上的蘿拉身影一輩子都在追著她跑。

李誘墨最後以不追究任何家暴責任的條件和趙民浩分手了，隨後也馬上辭去了鋼琴教室的工作。被她選為新職場的地方不再是鋼琴補習班，而是大學附設的終身教育中心，因為她之前在鋼琴教室的學員家長在那裡從事行政工作，那位家長曾經向館長大力推薦李誘墨。終身教育中心的待遇和福利比鋼琴學校好太多了，也因為學校體系更為專業，這份工作要求繳交實際的相關證明，這也是李誘墨第一次委託偽造文書業者幫她製作幾份證書。隱藏在鐘路後巷角落的偽造文書辦公室牆上，掛滿了只要用錢就能買到的各式畢業證書、證明文件、委任書、資格證等文件，等待十五分鐘就拿到兩份學位證書，她謹慎地把文件袋夾在腋下，悄悄地離開那裡。那是個在外頭走個幾步就會滿頭大汗的盛夏時分。

李誘墨去見了住在療養院的母親，老母親完全不知道她已經結過婚，且那段婚姻也玩完了的事實。其實這位老母親恐怕連她是自己女兒的事都沒有意識到，母親喜歡的人只有療養院阿姨，成天就像小鴨子跟著母鴨子一樣，每天都跟在阿姨身後打轉。在療養院那裡待了一週後，李誘墨重新回到首爾參加工作面試，這表示她用錢買來的學位證明書已經通過了終身教育中心的文件審查。

大學附設終身教育中心的館長是同一所大學法文系的主任教授，她對李誘墨謙虛的態度、親和的談吐，以及更重要的香奈兒兩件式套裝非常滿意，直說最近很難找到像她那樣的窈窕淑女了，還吐槽說在自己的年代如果不是上下兩件式的套裝就沒有資格被稱為正裝。李誘墨負責小學放學後的音樂課和一般大眾的音樂通識課，一週上四天班，報酬也比鋼琴學校高。這對每個月都要負擔母親生活費和結婚嫁妝分期卡費的李誘墨來說，簡直是天上掉下來的大禮。

在整個終身教育中心裡，唯獨李誘墨的課受到學生歡迎，這對以往空位總是比學員更多的藝術講座而言，可以說是空前絕後，特別是在她開設的「傳說的鋼琴家」這堂大眾音樂通識課名聲傳開之後，她還獲得在別的地方開課的機會，吸引了非常多學生。這堂課以在人生和藝術之間找不到平衡而落入不幸命運的藝術家為主題，講述他們的人生故事以及他們留下的精采演出。其實類似這樣的課程內容多半千篇一律，這堂通識課之所以廣受好評的原因，都在於李誘墨個人引人入勝的表達方式，她會選出鋼琴家人生中最具戲劇性的場面，活靈活現地講述藝術家們為了藝術飛蛾撲火的過程，上課過程中還時不時會看到學員的眼睛裡有淚水打轉。

在終身教育中心工作的這兩年裡，李誘墨經常和男人約會，但她為了不建立過度真摯的關係，私下處理得非常小心。她對男人來說其實也算是一個非常容易交手的對象，因為她會給予超額的關懷，但又總是能在關係裡保有餘地，即使兩個人的關係走得再深入也沒有多餘的要求。或許更恰當的形容是這樣的：男人要求過多的時候，她反而會先逃跑。可能是怕自己毫無偽裝的素顏會被揭穿吧，但到頭來誰也沒有察覺到她內心真實的想法。

這時的李誘墨已經下定決心再也不要結婚了，她只和完全沒有結婚可能性的男人交往。在那些和風華正盛的年輕女性們交往——盡情享受著甜美的戀愛時光，但只要女方稍微透露出一點想要結婚的意圖就會跑掉——的男人中，整形外科醫師林在弼和李誘墨最合拍。他體型臃腫、髮量稀少，但在江南地區以下巴整形手術聞名，週末會到終身教育中心聽教育講座，是一個很懂得追求工作與生活平衡的男人。雖然李誘墨原本並不喜歡體型肥胖的男人，但在和他相處的過程中越來越覺得他那圓滾滾的臉看起來很有親和力。和粗獷的外表不符的是，林在弼其實稱得上是一個相當挑剔的美食家，某天在仁川一家著名的烤鰻魚店，林在弼直接單刀直入地問了李誘墨：

「不過啊，妳的背景這麼優秀，怎麼會想在學校地下室浪費才能呢？不是應該去當演奏家，或是去培育後進嗎？」

林在弼詢問她的語氣略帶譏諷：

「妳有什麼不能往上流世界走的理由嗎？」

「是因為家境突然變得不好的關係……但我不想再回答其他問題了。」

李誘墨表現得像個痛處被戳中的人，很快地換了話題：

「這麼好吃的烤鰻魚應該很貴吧？」

看著大口塞進菜包魚肉的李誘墨，林在弼在一旁大笑出聲。

「這樣的東西要吃多少都可以，我都付得起，妳盡量吃吧！朋友。」

李誘墨平常和林在弼的朋友也都很熟絡，他們大多是在文化圈從業的人，有作家、畫家、電影導演和真正的古典音樂演奏家，甚至還有那種和李誘墨在美國留學的期間重疊，因此很高興認識她的人。她盡可能少說話，只要能不開口就不開口，刻意讓對方拿走對話的主導權，並且以傾聽的方式來迴避提問，大家都認為她的那種態度來自於她那很有女人味又溫柔婉約的個性。

在那個朋友群中，李誘墨的冒牌身分一次也沒有被質疑過，那是因為林在弼為她做了擔保，這讓其他人也沒有不相信她的理由。美味的餐點和紅酒、極富魅力的年輕人，李誘墨在這個朋友群中雖然不是最耀眼的存在，但她很恰如其分地默默發揮了協調的作用，不管在哪種群體之中都很需要這樣的人。林在弼從朋友們那裡聽了無數次對她的稱讚，還有人勸他：是時候該結婚了。

李誘墨曾經毫無保留地告訴林在弼，她和前夫是如何因為突發事件而突然結束了他們的婚姻。林在弼因為誘墨在他面前如此坦率地說明過去發生的事，而感到前所未有的感動，因為從文件紀錄上來看，李誘墨實質上一直未婚，因此她原本應該能完全對他隱瞞這件事，但她卻和那些明明在泥濘中沉淪過，卻始終裝作出淤泥而不染的女人不同。除了這個以外，她最耀眼的特質其實是對小事也投注熱情的態度，要讓一個留學歸國的音樂家以一般大眾為對象上課，並且降低標準講課並不是那麼容易的事，林在弼做為一個親自聽過那堂課的學員，特別欣賞她的演說實力，還多次在自己的朋友圈中對朋友強調這一點，最後他的朋友群中一位在藝術專科大學工作的毛先生還特別邀請她來擔任主修講座的講師。

李誘墨用盡各種藉口推託這件事，說是自己很久沒彈琴手都硬了，或是說自己沒自信、很享受目前的生活步調等等，但林在弼卻沒辦法理解她，而他剛好又是一個對自己無法理解的事物不能接受的人，於是他自作主張聯繫了毛先生，幫誘墨約好了面試，並拜託對方好好照顧她。李誘墨一直到後來才意識到自己就像騎在一頭奔跑的老虎背上，她在恐懼之餘也同時感到興奮，因為她非常清楚知道只要她能夠扛下去，這將會是她人生中再也不會出現第二次的大好機會。往上爬是很好的，能爬到那個回頭再也看不到現在所在之處的高處又更好。她又再度拜訪了在鐘路小巷中的偽造文書業者，這次也特別做了幾個大賽的得獎紀錄。

那年夏天，她面試了藝術專科大學音樂系的專任講師工作，其中一位面試官還是李誘墨謊稱的大學的校友，對方擔任校友會會長。在結束了聘請空降講師時用來過場用的面試後，她收到了校友會發來的合作邀請，還大膽地接受和他們一起工作的協議。校友會會長特別喜歡她，會邀請她參加週末的高爾夫聚會或茶聚，對這個學妹關懷備至，後來在她的婚禮上還特別為她送來了七個貼有母校名字的祝賀花環當作新婚大禮。

接到林在弼的求婚時，李誘墨大驚失色，因為他們從來沒有交往過，甚至連類似的暗示都沒有發生，兩年以來他們之間的來往一次都沒有踩過界，甚至她還對他那亂七八糟的私生活一清二楚。林在弼會週期性地進出性交易場所，他們之間也會毫無顧忌地抛接他那多多少少有點過頭的玩笑，但李誘墨從來沒有把他視為好朋友以上的對象。

「我們的關係不是很好嗎？我們互相支持對方、互相愛護對方，如果可以每天在一起不是更好嗎？」

林在弼用平靜的表情看著李誘墨。實際上到目前為止，李誘墨的身邊都沒有任何一個像林在弼一樣讓她感到舒適的異性朋友，他們有時候會在大半夜到對方家喝啤酒看電影，還會到全國各地展開美食之旅。林在弼雖然會和儲備模特兒或藝人練習生約會，但總是會在結束後到她家喝咖啡，她會為他做他喜歡的微涼拿鐵，即使他沉浸在自己一個人的沉默中，她也完全不會在意。他們之間雖然沒有熱情，但卻一同分享過親近的時刻，林在弼因此試圖說服她說：所有成功的婚姻到頭來都是像我們這樣子的關係。李誘墨不斷拒絕他，一直到最後才終於點頭接受求婚，這都是在她被聘為專任講師之後的事。

林在弼的父母因為這個一生都沒交過任何女朋友的兒子突然宣布要結婚而欣喜若狂，非常高興地接受這個各方面條件都稍微有些落後的媳婦。他們在首爾的五星級飯店辦了隆重的婚禮，李誘墨身上穿的是Vera Wang的緞面禮服，沒有任何裝飾只露出脖頸的奶油色禮服與高貴的婚禮禮堂氛圍非常相襯。為了配合林在弼較矮的身段，李誘墨穿著沒有跟的婚鞋，用鑽石髮夾取代了花冠，如此走在禮堂中央走道的她看起來非常堅毅沉著，因為這已經不是她的第一次了。

李誘墨和之前一樣從臨演經紀公司找來了父親、母親和部分賓客角色。林在弼的父母非常滿意親家夫婦謙虛沉穩的舉止，請來的賓客們也個個俐落體面，模樣看起來非常高貴。總共超過百餘名的演員以燦爛的表情結束了婚禮合照的行程，乾乾淨淨地吃完牛犢牛排、起司舒芙蕾和冰淇淋後就一齊離開了婚禮會場。整體看起來，這次的婚禮比以前進行得更加順暢。

從馬爾地夫結束蜜月行程回國以後，他們夫婦在江南的住商混合公寓中展開了新婚生活。因為婚前林在弼家裡就有負責家務的幫傭，所以完全沒有做家事的壓力，李誘墨早上在送丈夫出門上班之後就會去健身中心，結束後再去大學講課。上第一堂課時，李誘墨在滿堂學生面前主動坦承自己也還在「學習的階段」，她的教學方式主要著重在提點整首曲目的流暢性，盡量避免冒險親自示範。她把早年和菲莉普斯夫人一起完成練習過的貝多芬第二十四號和第二十六號奏鳴曲當成鋼琴術科考試的指定曲，自己在家裡反覆播著專業演奏者的實況演出專輯，聽了不下數十次。

比實際演奏更困難的其實是理論科目，和聲學與對位法等理論對她來說實在是遙不可及，於是李誘墨偷偷報名了準備音樂系入學考的補習班，接受補習班一對一的樂理指導後再原封不動地轉達給自己的學生。在這樣反覆教學下，到了學期快結束時她也終於模模糊糊地理解了樂理概念，在聽到巴哈的〈托卡塔〉時腦海中會自然出現和弦音階。在這個時期的李誘墨比以往任何時候都更用功讀書，課程內容也越來越認真，涵蓋範圍越來越廣，在學生的課程評分中，她每學期都拿到最高的評鑑分數。

就讀兩年制藝術大學的學生與其說有遠大的藝術家夢想，他們更滿足於遊走在音樂界邊緣賺錢討生活，因此對他們來說，李誘墨是個多少有點進取心的教授。她會把每個月的音樂大賽日程表印出來發放，並且鼓勵學生繼續走上演奏家之路，對每個來她的講師辦公室諮詢的學生，她會真誠地回應他們的煩惱或對職涯的疑問，還總是像帶著什麼使命感一樣經常請他們吃飯。

與林在弼的婚姻生活，因為從一開始雙方就沒有太大的期待所以過得特別舒適，他們會在整理得很整齊的家裡和乾淨的床上迎接早晨，一起吃一頓營養又溫熱的飯，接著在穩定的工作崗位上度過一天。每到週末他們會去郊外的別墅度過屬於兩個人的時間。他們會在沉默中牽著彼此的手，享受兩個人各自思索的時間，只是他們雖然是人人稱羨的夫妻，對性事卻很淡薄。

蜜月旅行時，林在弼整個三天以來都像在逃避什麼，顯得非常不自在，最後一天才跟終於發憤圖強的人一樣在喝了紅酒之後，故意粗暴地把她丟在床上，李誘墨深情地擁抱了他，但是勃起和插入都不順利。回到韓國以後他們在藥物幫助之下曾經有過幾次短暫匆促的經驗，但就連那樣對李誘墨來說都沒有任何的感覺。她在他面前一次也沒有表現出那樣的感受，在做那件事的時候她會努力鼓勵他，腦海裡則是充滿著其他念頭，像是前一天吃過的美味牛排、著名管弦樂團的訪韓演奏會、怎麼處理客廳那盆看起來很難看的花盆等等。李誘墨透過婚姻學會了怎麼明確分辨自己能夠擁有的和不能擁有的，她沒有釋出過度的慾望，也默默接受了林在弼再次出門找年輕援交女的事實。他們連小架都沒有吵過，就跟林在弼婚前預言過的一樣，比起熱情，分享人生中各式各樣的嗜好才是維持婚姻的最大動力，如果不是過去的亡魂驟然出現，他們說不定到現在都還過著美滿的夫妻生活吧。

● REC

認識李誘墨教授是在二十四歲的時候，我們是在鋼琴主修課上見到面的。您會彈鋼琴嗎？在我小時候，幾乎所有女同學都有學過鋼琴，大家的求學過程應該都是一樣的，就跟男生學跆拳道一樣，所有媽媽都希望女兒可以演奏一兩種樂器，過「有音樂涵養的人生」吧。她們希望看到我們跟她們不一樣，不用再被生活追著跑，然後將來可以被很有肩膀的先生照顧著，隨時有那種自在彈鋼琴的空閒……我想大概是那樣吧。

我沒有媽媽，媽媽和爸爸離婚之後就再也沒有來看過我了。哎呀，這種故事都很一般啦，父母離婚之後我是被奶奶一手帶大的，她是那種會整天一直碎碎念「一張衛生紙五塊、開燈一分鐘十塊、一杯開水二十塊……」的奶奶。奶奶把世界上的所有東西都標上價錢，過著非常恨錢的生活……啊，應該是說她非常愛錢吧！反正我從小就一直吃穿那些有一點瑕疵但比較便宜的東西長大。您可能會想說我在那種環境長大應該很辛苦吧，但其實也沒那麼嚴重，大家都會有想保護自己的心，如果真的沒辦法必須在那種環境下生活的話，就會盡量往自己不會受傷的方向鍛鍊。我可以在燈都沒開的黑暗房間裡面一個人開電視來看，邊看電視邊格格笑度過每一天。那時候不太知道什麼是寂寞，就算在奶奶身邊只能吃剩飯配辛奇[6]，肚子也會飽。

6. 譯註：二〇二一年，韓國將泡菜正名為辛奇。

但是有一天爸爸回家看我那樣子，就念了奶奶好久，他拉著我出門，買了市場賣的漢堡給我，然後就帶我去市場前面的鋼琴教室。我第一次看到鋼琴，有一大群穿著洋裝的小女生各自坐在鋼琴前面。爸爸一次繳了一年的學費，幫我報了那裡的鋼琴課。那天我拿到一個扁扁的書包、兩本拜爾鋼琴課本還有原子筆，都是報名課程的禮物。我還記得合成皮做的黃色書包很好看，我連去學校的時候都帶著它。

但是鋼琴教室我去了一年就沒去了，隔一年爸爸再婚以後就不再關心我是一回事，但那時候我也的確更喜歡跟朋友出去鬼混，我很早就跟讀書沒緣分了。很奇怪的是，我從國中開始就對以前不覺得怎麼樣的事情很介意，覺得奶奶很煩、爸爸很噁心，我希望他們全部都去死。那時候我其實也幹了很多壞事，還有偷東西被抓進去關過，他們一開始把我送去輔導中心，後來再送去少年觀護所，從觀護所出來以後偷東西又被抓到，再被抓進去……這一切就像沒有結束的歌曲循環。之後沒多久奶奶就走了，我那時候還覺得那個臭奶奶最好早點死一死，但是她真的走了之後就不是那樣了，要克服她從小餵我吃飯、哄我睡覺的感情真的很難，那時候我的眼淚就像壞掉的水管一樣不停流下來，都停不住。那時候的我說實在話，也是對自己的表現很失望吧。

奶奶留下的東西都被爸爸帶走了，但有一份以我的名字投保的保險還在，聽說那個東西爸爸不管怎麼樣都碰不了，因為是為了幫我付大學學費才投保的教育保險。我奶奶真的很特別對不對？她用那種餵掉的飯餵我長大，卻還有打算送我去上大學。爸爸說我要那筆錢的話就用現金領取的方式領出來吧，爸爸的新太太和他們的女兒就並排坐在旁邊，那讓我突然意識到自己真的成為孤兒了，心情就好像突然認真振作起來一樣。

當我說要去念大學的時候，大家都很意外地看著我，當我繼續補充說要去讀音樂系的時候，大家都硬忍住不笑，忍到咳嗽都噴出來了。這也不能怪他們，因為我高中輟學又沒錢，怎麼會因為不知道哪來的想法就突然說要去考音樂系呢？這連我自己也不知道為什麼，但不管怎麼說這都是我的錢、我的選擇，誰也沒辦法阻止我。

考完高中同等學歷考試之後，我就一邊打工一邊抽空去鋼琴教室補習，但那時候我的眼前是一片漆黑，因為考音樂系不是準備一兩年就能成功的事，聽說主修鋼琴的人有很多都是天才實力派。我特別搜尋了不考術科演奏的學校，這樣的學校全國就只有一間，才剛開一年，新設的校址在郊外，去了之後我才知道新生根本不足額，學長姊也不多，教室裡面非常冷清。同學裡面什麼樣的人都有，大家都是喜歡音樂但沒有什麼才華的人，但就算這樣也都不懂得放棄，我們都是不太會判斷現實的人類。

李誘墨教授在第一堂課的時候就拜託我們不要叫她「教授」，她覺得自己對一切都還不熟也很陌生。雖然說謙虛是很好的美德，但說真的這聽起來有點假，因為教授是知名音樂學院出身的留學派啊。那時候也有人在傳教授的先生是非常有名的整形醫院院長，聽說還常常上電視，那樣的人當然只會看不起我們這樣的學生對吧？

「我真倒楣啊，居然要在這些不上檯面的孩子們前面講課，我才不是為了站在這樣的位置上才花大筆錢學音樂的好嗎?!」

其他的教授差不多都是這樣子的，只是表現出來的程度不一樣而已，大家的表情都差不多。藝術家是不能成為好老師的，他們覺得自己的時間比千金還寶貴。您知道吧？人生是短暫的，藝術是漫長的。他們是連做藝術的時間都不夠的人呀，所以要把自己寶貴的時間分出來給我們這些不成材的學生當然會很鬱悶吧。有些教授一學期就只來講兩次課，其他時間都排了個人指導時間，但去他們的研究室找他們的時候房門都是鎖著的。因為付錢上這種學校的課很空虛，所以學生也越來越少了，如果沒有李誘墨教授的話，我大概很早就放棄了吧，但說真的也沒有什麼東西可以放棄，其實大不了就只是轉身回家而已啦。像我這樣的人放棄鋼琴以後還有誰會認同我呢？我剩下的只有傲氣和執著罷了。

有一天術科考試結束後李誘墨教授叫住我，她問我彈琴彈了多久了，聽完後就讓我彈術科考試指定的貝多芬〈第二十四號奏鳴曲〉。我一開始彈琴，她就來到我的背後把我的腰打直，除了腰部以外的地方都要我放鬆，說我因為放了太多力氣在手指和手臂上所以彈得很生硬。教授說的是要我從身體的所有部位都拿回主導權，要我別忘了身體只是用來演奏的「機器」，是個沒有思想、沒有權力，全然為音樂奉獻的「機器」。

貝多芬〈第二十四號奏鳴曲〉的副標是〈給泰瑞絲〉，教授讓我想像那首曲目的主角泰瑞絲，她是位和優雅旋律十分相襯、充滿生機的美麗女子，是每個人都幻想成為的女性。我想起了奶奶，因為長期在我身邊陪伴我的女性就只有奶奶而已。她所謂把身體當成機器這樣的敘述，其實也是在說從樂譜的規律中找到真正的自由，這是我第一次在彈琴的時候可以忘掉自己，這真是非常不得了的心境變化。

因為在練習室待了很久，出來的時候已經是晚餐時間了，教授帶我到學校附近的小吃店請我吃辣炒年糕、紫菜飯捲和煮拉麵，那天吃得好飽才回家。就這樣，每個禮拜我會有一兩次在課堂結束後另外跟教授上課，問了之後才知道除了我以外還有不少人也跟教授去過小吃店，教授不覺得把時間用在我們身上很可惜，雖然不知道她是不是藝術家，但至少可以說她是一個真正的老師。

那時候我對鋼琴還沒有抱持什麼特別的夢想，選鋼琴只是因為這件事一直卡在我的喉嚨上而已。小時候牽著爸爸的手去鋼琴教室的那天對我來說是很朦朧的記憶，我一直沒有想過自己有機會成為一名演奏家。

在跟教授上個人課的期間裡，我終於慢慢可以理解鋼琴是什麼了。舉例來說Forte（強重音）這個指法並不是用力重壓琴鍵，而是深切地彈琴，這樣才能真正讓鋼琴發出有力的聲響。類似這種小訣竅都是她教我的，只有在我自己能感受到按下琴鍵再放開的短暫瞬間，我才能真正演繹出音色。練習室裡面那個巨大黑色樂器就好像一頭活著的野獸，它呼吸著，逐漸朝我的方向傾靠，那真是非常酥麻的感受。

隔一年我以貝多芬〈第二十四號奏鳴曲〉參加鋼琴大賽，雖然並不是什麼水準很高的大賽，但也是和其他學校音樂系一起較勁實力的場合。我在那裡得到了優秀獎，拿獎之後我做的第一件事就是提著花束去找教授感謝她，但那時候她的臉色很不好，她在書桌前面抱頭坐著，看起來非常難受，讓人不太敢接近。

那天我把花放在辦公室門前就回家了，隔天再去的時候花和辦公室裡面的書桌都不見了，打電話給教授也沒人接，後來的一兩天都一直是這樣，教授再也沒有去學校過，就是突然消失不見了。其實我那時候被背叛的感覺真的很深，如果教授真的很疼惜我，那就應該不會這樣突然無聲無息地消失吧？但是當我到了三十歲時就懂了，因為世界上其實有更多沒有辦法好好說明的離別。

最近鋼琴教室的狀況也沒有像我小時候那樣受歡迎了，現在的時代英文跟數學更重要，媽媽們都很清楚現在比起讓自己的女兒去學鋼琴，不如把書讀好才能過好日子。以前那種浪漫都不見了，但是我還是每天一早就打開鋼琴教室的門，在沒有人的空房間裡彈貝多芬〈第二十四號奏鳴曲〉，因為在那個美麗又優雅的旋律中，我們能把那個不存在於世界上的女子泰瑞絲叫出來。我的人生是被她給救起來的，那和時代無關，一直到現在音樂還救著我，我也還沒放棄那個希望。

*

李誘墨再次遇見姜薇莉是在下班途中的電梯前，說真的連再次撞見死去的父親，恐怕都不會讓她這麼驚慌失措。先看見對方的是李誘墨，雖然已經五年沒見了，但姜薇莉看起來卻一點也沒變，年紀估計也已經四十幾歲了，但她白皙的肌膚和長長的直髮卻依然閃閃發光。她的身邊站著跟她長得一模一樣的小男孩，姜薇莉說她和兒子正在一起去買菜的路上。

雖然她們互相問候完很快就分開了，但兩個人都不情願地回頭看。姜薇莉似乎無法相信以前只是店員的李誘墨會住進跟自己一樣的豪宅大樓，當天晚上李誘墨也沒有睡好覺，她輾轉反側，因為她遇上的那個人是知道自己一切過去的人，而且還是她盜用身分的對象，沒想到現在居然住在同一棟大樓裡。

和同棟大樓住戶擦身而過的機率有多高呢？李誘墨大概一週會撞見一次：去丟廚餘的時候、領包裹的時候、在大樓周邊散步的時候、在停車場時……諸如此類的，李誘墨時不時會碰見姜薇莉，每當林在弼詢問對方是誰時，她就會說是稍微打過照面的鄰居，偶爾三個人一起搭電梯上樓時，那種緊張的氣氛簡直到了讓人無法呼吸的地步。姜薇莉每次撞見李誘墨時都會從上到下打量她全身，就像想從中找出蛛絲馬跡一樣。李誘墨開始會在出門時把樂譜夾和出缺席簿都放在包裡收好，後來更是幾乎不搭電梯了，從平地爬十七層樓回家時心臟跳得像是要炸掉一樣，全身都汗濕得一塌糊塗。她再也不能這樣生活下去了，開始軟硬兼施，央求林在弼搬到其他地方，說是附近有殺人強姦案讓她嚇得不敢出門，但是林在弼對搬離從小出生長大的環境非常反感，再加上那個區域是數一數二的有錢社區，警衛和保全設施都應該沒有那麼鬆散。林在弼反駁了她搬家的提議，他們還因此冷戰了一段時間。只是最後林在弼還是在李誘墨的執拗下舉雙手投降，他們把這間新婚房重新掛回出售市場，並訂下了搬家的日期。

如果事情都很順利發展，他們在那時候應該就會靜悄悄地搬離那個地方了吧，但幾天後卻發生了一個小意外。因為郵局的失誤，原本應該寄到一七〇三戶給李誘墨的H音大校友演奏會票券，被誤投進了七〇三號住戶姜薇莉的信箱。姜薇莉拿著演奏會的票找上了李誘墨的住處，看著死撐著說自己看不懂英文的李誘墨，姜薇莉的臉上充滿懷疑。

「是嗎？那我跟校友會問一下就知道了吧。」

姜薇莉留下這句意味深長的話以後就離開了，留下李誘墨一個人陷在做夢般朦朧的情緒中。如果照著小時候看過的電影來發展，她是不是應該隨手拿起身旁放著的陶器砸姜薇莉的頭呢？還是把她從十七樓的陽臺上推下去呢？像電影一樣使壞、永遠偷走那個女人的學經歷很簡單，但這件事一旦變成現實卻只能讓她全身麻痺動也不能動。這時她的腦中發出碎石滾動的聲音，像是有塊巨石從斜坡上遠遠滾落，先是摔得粉碎，再是滾動，那波聲響在她的腦海中隆隆不去。

姜薇莉向李誘墨要錢，當時她正在辦離婚手續，打算不久就離開韓國，她說只要能把事情趕快處理掉，她也會考慮永遠不說出這個醜陋的真相。心急的李誘墨雖然試過和林在弼借錢，但這件事卻沒有她想的那麼順遂，林在弼對這筆錢的用處非常執著，還非常正經強調自己並不是會對金錢馬虎的人。

最後她到期限以前都沒有湊到錢，一週後她被叫到校長室，說是學校收到告發她的匿名舉報信，內容是關於她學經歷造假的事。校長說已經向她的母校發出公文正式申請畢業證書等相關證明，並猜測這一切都是那些嫉妒她在學校表現傑出的人搞出來的，他們無中生有想陷害她。校長補充說只要收到她母校的回信就會馬上公開內容以昭公信，並且要她在等候期間先休一個禮拜的假，讓她去享受夫妻之間的旅行，邊說還邊拍拍她的肩膀安慰她。

李誘墨回到自己的辦公室把東西整理好後就回家了，家裡打掃的幫傭看到她提早回家也嚇了一跳，她先是把幫傭送回家後便一個人環視著整理得乾乾淨淨的家。那個家裡頭幾乎沒有她的東西，家具、家電、鍋碗瓢盆，甚至連廁所裡的毛巾都是林在弼親自選的，而在裡面讓他花最多錢的就是妻子李誘墨，如果讓他知道她的一切都是原料不明的造假身分，不知道他臉上會出現什麼神情。

李誘墨回到自己的房間把鋼琴椅套拆了下來，裡面有一小撮大麻和打火機。她不久前開始碰這些東西，從在大樓的電梯前面撞見姜薇莉的那天開始。因為實在沒有其他東西可以解決她不斷延長的焦慮了。

李誘墨癱坐在廁所馬桶前，把大麻葉捲起，一點上火就飄來一股熟悉的艾灸味，她先深深地吸一口，過了一會兒又深吸另一口。鼻涕流下來了，她整個人癱倒在廁所地板上，背部接觸地板的地方可以感受到磁磚冰涼的觸感。她的胃部不怎麼舒服，頭腦則是一片空白。李誘墨噗哧地笑了出來，因為肚子周圍實在搔癢得不得了，讓她止不住笑，事情居然這麼簡單就走到句點了，沒有什麼比這個更虛無的事了。

學校希望可以用最掩人耳目的方式低調處理這件事，因為先前用這種允許空降的方式聘請沒有合格背景的教授，校方也難辭其咎。他們最後並不是用偽造學歷的罪名來開除李誘墨，而是說她因為其他自身的原因辭職了，校方和李誘墨在她請辭前便已經就此串好口風。

失去大學的教職後，李誘墨也結束了婚姻生活，婚前簽過協議書的兩人非常爽快地分道揚鑣，離婚後的她租了一間不需要保證金的小房子，在裡頭閉門不出好幾個月，不管是誰敲門都屏住呼吸裝作家裡沒人。她把自己關在那間小房間裡成天用外賣和罐頭食物充飢，大部分的時間都花在睡覺上，到了讓人幾乎懷疑一天到底可以睡多久的地步，一天就這樣白白飛走、浪費掉的次數也不少。睡醒之後她的手腳還是麻麻的，現實感也沒能很快恢復，就只能繼續發愣。在那個陽光照不太進來的陰涼房間裡，李誘墨衣服也不穿就在裡頭盡情打混，看一會兒電視或是繼續睡漫長的覺，直到最後開始積欠房租，才突然在某天晚上像逃難一樣搬離那個房間。

我因為想聽更多的往事而和林在弼約好了見面時間。他到現在還是在狎鷗亭一帶享有盛名，被稱為下巴整形的權威，本人不愧是在女人圈打轉過日子的，為人很有風度，講話也很溫柔。他在位於漢南洞的高級獨棟豪宅裡回答了我提出的所有問題，然而雖然他擺出了沒有什麼需要隱瞞的坦蕩態度，但似乎對於他自己也還弄不清楚的地方也是一無所知。

「我發現那個女人可能有點問題是在結婚大概一年的時候。有一天她急著跟我要錢，好像是說要借錢給很熟的姊姊吧，我就一直追問那個很熟的姊姊到底是誰，因為我比誰都還要清楚她平常根本就沒有很要好的朋友。那個女人看著我板著臉，一句話也說不清楚。那陣子她一直看起來像被什麼追著跑的樣子，也不太想跟我講話。」

林在弼在桌子下蹺著腳，用平靜的聲音說。

「那個女人講課的大學裡面有幾個跟我非常好的熟人，我是因為他們才第一次聽到我前妻因為假學歷可能要被學校開除的事。後來我才知道她不是只對畢業的大學撒謊，連岳父母家的事都全部是謊話，簡單來說，她的人生一切都是假的，我真的嚇都嚇死了，我想就算從外星來的隕石掉到我家客廳裡都不會讓我那麼驚訝吧，因為我真的以為我非常了解那個女人。」

他無力地笑了。

「在我們分手以前，我要她告訴我一切的真相，一點謊言都不能有。我說如果她真的可以做得到那樣的話，我願意不跟她計較，不再講過去發生的事。那個女人起初先是呆呆地看著我，之後就噗哧笑了出來，那是我一次也沒見過的表情，看起來就好像是在嘲笑我一樣。在那之後不久她就默默離開我了，她自己的東西都沒有帶走，我清理那些東西也花了好長的時間。我爸媽後來也受不了被這件醜聞影響，最後都搬去我妹妹待的歐洲了，我一瞬間什麼都沒有了。」

他像演員一樣雙手一攤，回想那些記憶似乎仍然讓他很痛苦，他深深皺起了眉頭。

「這段婚姻是我纏著要來的，因為那個女人不想結婚，反而讓我更想要。那個女人以前還很可憐地看著我說過：『會後悔的事情寧願不要開始吧……』她越那樣說我就越固執，因為我以為不結婚就不能牢牢留住那個女人。」

林在弼給我看了他唯一留下的一張照片，身形被大尺碼大衣給掩蓋的李誘墨，看起來像是在某個人的叫喚下突然抬起頭看鏡頭。圓圓的大眼配上脂粉未施的臉，看上去與其說是大學教授，還比較像是學生，這是她三十歲時的模樣。我問他是否可以讓我帶走這張照片。

「雖然我們分手之後就再也沒有聯絡過了，但我的確經常想起她。然後才會突然想起來那些都只是沒有實體的假象，發現之後還會因為這樣嚇好大一跳。」

已經邁入夜晚時分的高級住宅區幾乎沒有人跡，在走向停車場那多少有點遠的路程上我的步履沉重，耳邊遠遠傳來些許縹緲的鋼琴聲。在那個光線一點一點暗下來的街道上，我重新拿出李誘墨的照片出來看，在黃昏天色完全失去光線以前盯著那張照片好一會兒。

林在弼從來沒有看過李誘墨拆開假面偽裝下的臉。雖然識破了假學歷、名字，以及關係的虛偽，但他幾乎可以說是完全不知道她背後遮掩的東西到底是什麼。儘管在經歷了那些痛苦難熬的時間後，他到現在還是對她一無所知。如果說李誘墨是個純熟的騙子，那林在弼就是自私自利的旁觀者，我非常清楚他們的婚姻生活中到底曾經懷抱著什麼樣的偽善和欺瞞，不過即使我很想把醜陋的事實往那個臉上一點皺紋都沒有、看起來端端正正的男人眼前擺，但這都不是我的責任。

在同一棟大樓一起住過的姜薇莉離婚以後就和孩子輾轉去了夏威夷，我雖然寫了一封Email詢問她和李誘墨的關係，但只收到她的回信說再也不想回想任何在韓國發生過的事。她用同一個Email註冊的社群網站上有很多以湛藍游泳池為背景拍的派對照片，我原本還想再傳一封Email給她，後來也作罷了。

一個禮拜後，我接到父親的電話去了醫院，是為了幫接受第三次抗癌治療住院的父親探病，也是為了跟母親見面。聽說母親提著花和裝在瓶子裡的果汁去看了父親，而父親氣得說這只是為了從他身上再多撈一點錢走的伎倆。其實這話也不完全錯，母親說她希望能不打官司，想用協議的方式完成離婚手續，父親則維持一貫無反應、不回答的作風。在我到達病房以前他們兩個人都還是不發一語，就跟在玩誰先閉眼的遊戲一樣各自盯著對方方向的虛空看。父親推開了醫院提供的粥，躺在病床上。

「看起來還是要我走，妳爸才能好好吃頓飯吧。」

母親先起身離開座位，我為了送她離開而跟她一起走到醫院大廳。

「醫院感覺挑得很好。」

母親說她很滿意早上跟她面談過的主治醫師，說那位醫師是國內的第一把交椅。

「對呀，爸會好起來的。現在的癌症治療跟以前的時代不一樣了，而且爸本來就是身體強壯的人嘛。」

「……那就好。」

從醫院走出來的我們一起在戶外的長椅上坐下，喝著自動販賣機賣的咖啡。

「妳真的打算跟爸分開嗎？」

在我有點強硬的問話下，母親一言不發。

「妳放著得重病的人這樣，不會覺得有點過分嗎？」

「我們每個人最後都會死。」

母親簡潔地說道。

「那天。我是說妳爸被醫生說罹癌那天，我有了那種想法：那個人和我現在都老了，現在開始就會像這樣身體一點一點故障，最後就死了。這樣想以後，我就覺得還是沒辦法再撐下去了，我一次都沒有過過我想要的人生，一直都是把自己壓得死死的，想跑都不能跑。我就想說如果人生就這樣結束了，那我的人生到底算什麼呢？」

母親不知道是不是一時控制不了情緒，她突然止住了話，拿著紙杯的手顫抖著。

「如果是妳的話，妳會有辦法失去這個家，還當作什麼事都沒發生嗎？」

母親用微弱的語氣反問我。

「但是我真的撐不下去了。」

「妳是說妳和爸，一直都很不幸嗎？」

母親沒有說話，她看了我一下，又低下頭。

「我不想在妳面前說妳爸的壞話，我也不想抱怨我的婚姻生活過得怎麼樣，那是我做的選擇，我只是覺得都做到這樣子了，該忍耐的都忍耐過了，就算妳不懂也沒辦法了。」

從長椅上站起來的母親把喝完的紙杯丟進垃圾桶，隨後和我打了聲招呼就走了。我坐在那兒好一陣子，呆呆地看著來來往往的人群。五月的陽光非常溫暖，路邊新綠的樹在新鮮的空氣中搖曳，人們穿著晚春輕盈的服裝在人行道上走著。

父親和母親。我雖然和他們在同一個屋簷下生活了二十幾年，但我對他們兩人之間真實的關係並不清楚，就像人行道上那些非常平凡的路人走過的風景一樣，他們的婚姻生活也理當如此，只要我們好好演出社會秩序該有的樣子，就不會有人看出真實的人生樣貌。既然如此，真正的人生到底在哪裡呢？那是人生走到最後才會看到的重要劇目，位在拋開一切後才會來到的虛無大道上。

離開醫院以後，我去了離那裡不遠的住商混合套房。去年年底開始就沒再踏進的工作室聞起來有股霉味，還帶有微微的菸味。我連燈都沒開就往書桌前坐下，書桌上留有杯子的痕跡，我試著用手搓揉桌面，但那個髒污並沒有因此就被抹去。

在意識到自己不能再寫作之後，有段時間我就只待在這裡專心讀書，但過沒多久我就覺得只是為了讀書每天來這裡好像有點沒必要。後來連書都讀不太進去了，這個房間給我一種在監獄裡的感覺，所以後來也就不再專程過來了。

每天早上我會騙先生說要去工作室，從家裡出來以後卻是經常漫無目的地到處晃。大部分都是去美術館或是去看電影，有時候也會去咖啡店一個人看著窗外打發時間，那裡也有和我一樣形單影隻的人，他們全都很年輕，每個人都非常投入在某件事上，認真得讓人覺得恐怖的程度。時間靜寂地流逝著，我嘴裡嚼著的冰塊嘎吱嘎吱響得像假牙在嘴裡互碰一樣。到了晚上四處徘徊回到家的我，經常感覺腳掌痠痛，睡也睡不著。

先生經常問我工作進展得如何，他待我以無限的耐心和溫柔。為了那個失去年輕時的光芒，在沒有自信的泥淖裡載浮載沉的可憐伴侶著想，他不吝於提供任何物質上或情緒上的支援。他有那樣做的條件，不僅在學校已經卡位卡得穩健，研究成果也獲得好評，每個人一看到他都會很有好感，從他的臉上可以看見只有被愛的人臉上才有的富足。

不知道從什麼時候開始，他的端正凸顯了我的紊雜；他的始終如一喚起了我的瘋狂之氣；他的光明叫醒了我的黑暗。我沒有被他的寬容感召，反而往更糟的地方直直墮落，外遇只是那個過程的一部分。

再次遇見K是在朋友的婚禮上。那個很久以前曾經是我男友的新進電影導演，聽說我回國的消息之後非常開心。K的面孔非常有歲月經過的痕跡，原本銳利敏捷的形象變得穩重，髮量少了一半，很明顯不久以後就會加入禿頭的行列。他在那個讓他聲名大噪的出道作品之後，幾乎每部新作都收到嚴厲的評價，最近雖然轉拍商業電影，但連這條路也歷經票房失利的考驗。K和電影演員妻子離婚後被捲入很難纏的官司，最後落得一場空，連老車都得賣掉，為了賺生活費有一搭沒一搭接著電影製作案來做。

聽著他咀嚼自己人生的課題，我覺得又可憐又好笑，雖然他早就失去年輕時的光芒，但他那尖酸刻薄的幽默感依然如故。婚禮結束後我們很自然地轉移陣地去喝茶，一直到手邊配上葡萄酒的傍晚才分開。我在他面前就像年輕女人那樣咧嘴傻笑，過程中好像能感覺到他用以前那樣銳利的眼神看著我。

「我可以跟妳聯絡對吧？」

分開之前，他問我。

「不行。」

我急著回答。

「我會再找妳。」

我很快就把他叫來這個閒置無用的房子了，在這裡我們定期發展情事，一週兩次或三次，總是一起吃午餐、看電影，然後再上床的順序。我們不只是在床上，也會在沙發、浴室、地上、牆邊、書桌、水槽前……以那種我從來沒有允許先生做的方式和他翻雲覆雨。我想一直走到最後，我想被徹底破壞，但不幸的是，在每一個瞬間我都神智清醒，也許該怪我太老了、太遲鈍了，或許是我還沒有完全相信K……又或者是沒有打破現實的勇氣也說不定。但我還是讓一切繼續下去，一邊後悔著，一邊繼續下去。我看著在這個房間裡陷落的那個自己，那個根深柢固的嫌惡眼神讓我無法呼吸。

我每天會用不同的謊言來回應先生的問話，「工作很順利」、「進行的速度比我想像的還快」、「週末可能也要去工作才行」……怕被他察覺到事實，我還會把假的稿件印出來漫不經心地放在餐桌上。我學會了怎麼迅速清除做愛過的痕跡，學會了像老鼠一樣無聲無息地開門。我出門時會隨時把內衣放在口袋裡，躺在先生身邊時會用假裝睡著的模樣吐氣。還因為體重掉了，經常被身邊的人說看起來狀態很好，但先生並沒有起任何疑心。

和K的關係還沒過一個季節就結束了，他除了我以外還有兩三個女人，但問題其實不是在他有其他女人的事實，而是我們終究失去了對對方的興趣而已。我實在沒辦法再空等著他半夜打來的電話了，當我說不想繼續下去時，K只是聳了聳肩就畫下了句點。那天我光著腳從工作室走了出來，逕自回家了。

「老婆，妳怎麼了嗎？」

先生一臉震驚地問我，我默默地看著他的臉。他的眼神動搖了，他讓我感到憐憫，但是憐憫並不能帶來任何幫助，我必須告訴他事實，那個事實是在他送我當禮物的小套房裡所發生的事。在那個老婆因失去夢想而失望透頂時，他送的小房間裡有又大又結實的實木餐桌、在IKEA買的雙人沙發、小冰箱、德國製造的咖啡機，只要關緊窗門就能完全隔絕城市裡的噪音。原本我可以在那裡面成為我自己想要的存在，但我卻把前男友帶進了那個屋子。

語音剛落，先生一動也不動地僵坐著，像個死人一樣沒有呼吸，眼睛眨也不眨，即使在我說完好久以後也維持同樣的姿勢坐了好長一段時間。過了良久，先生才突然開口問我想要什麼，在我答說：「希望沒有任何人受到傷害」的回話下，他終於再也忍不住開始隨意抓起手邊的東西起來丟。之後就默默出去了，我等待著，但他始終沒有回來。

那時候我可能是希望能夠償還我犯的罪吧，也許是想被他搧耳光、聽他咒罵我，希望他能用帶走我一切的方式讓我付出代價，但是哪怕其中一個也好，他一個都沒有做。他保持一貫的沉默，保留了對我的全部判斷，所以我沒辦法離開他。

6 老人與海

對李誘墨來說，她需要的是希望，她在苦惱許久以後，決定用李安娜做為自己新的名字，那大概是從安娜絲塔莎這個名字來的。因為不知道姜薇莉是不是還會追殺她，她放棄了音樂博士這個稱號，暫時以推銷員的身分過生活，到處跑來跑去。她在京畿道外圍的公寓住宅區跑業務，賣兒童刊物和化妝品、汽車導航、手提按摩機等產品，銷售業績還不錯，她本來就很會說話，很有吸引大眾的天賦，但不久後還是跟每個月都逼迫她達成業績的上級之間產生摩擦，沒做多久就辭職了。

之後她為了考看護執照去了一陣子培訓班，只是在一年多的培訓期就快到時，她還是沒有對這份工作產生好感，因為工時太長了，收入也不夠看。她在療養院裡、母親睡的床邊擺了一張輕便床墊就住了下來，每天晚上會穿著林在弼買給她當結婚禮物的高級絲綢睡衣襯裙，趴在簡陋的床墊上翻閱看護師的徵才廣告，那件絲綢襯裙是她從上一段婚姻帶走的唯一一件紀念品，其實也不見得有什麼太大的意義，只是穿著它會讓她心情變好而已。

在這段期間，李誘墨投過履歷的每間醫院都落榜了，如果碰巧有機會去面試也只是被說年紀太大、對她的聲音不滿意、面相感覺不適合團體生活之類的話。既然求職這麼不順，她也只好改做一些以小時計的臨時工打雜賺錢，但錢還是不夠用，就在那一陣子，她輾轉從療養院的阿姨那裡聽說了D銀髮村的資訊。那間由東海周邊一家大型高級度假飯店改造而成的銀髮村，是專門瞄準有錢老人開設的安養設施，他們正在召集能夠常駐工作的醫療人員。

「有醫師資格證的話，這種工作真的是很快樂逍遙的好缺吧？」

療養院阿姨的這一席話讓李誘墨起了心動了念，但是隨意自稱自己是醫師和自稱是教授是完全不同檔次的事，一般人只要不瘋是絕對不會動歪腦筋到那上面去的，然而李誘墨因為母親的緣故，非常清楚老人福利設施怎麼運作，也因為正在參加看護證書考試需要的醫療培訓課程，她也能做一些簡單的醫療處置。

她又再次找上了偽造文書專家，才隔沒幾年時間偽造文書的業務就做得蒸蒸日上，已經搬離了舊址，辦公室還擴大了兩倍。這次李誘墨買了家庭醫學系的畢業證書和老人健康學院的會員證明，儘管醫學學位證書的價碼比較貴，但李誘墨已經算是老客人了，還拿到一些折扣。

在把求職申請書投給銀髮村之後，李誘墨很快就收到面試邀請通知。這是一個免費供給食宿且連生活費都額外支付的好缺，是她到目前為止所經歷的工作中，年薪條件最好的一個。但她其實並不是因為這個原因才展開這場驚險萬分的角色扮演遊戲，擔任醫生角色。錢雖然是很重要的因素，但並不是唯一的理由，她一直想成為一個有意義的存在，只想擔任自己想要的角色，這種看起來毫無根據的野心讓她不斷陷入過於勉強的冒牌身分中。

凌晨一點，在清涼里車站上車的她轉乘嶺東線的列車，早上六點三十分左右抵達了東海站，在車站附近的咖啡店見了銀髮村的人事負責人。要記得李誘墨有段時間曾是醫生娘，她從前夫和他的同事之間習得了醫生群的類型和特性，因此得以掛上適當的衣服和語氣，毫不遲疑地隨口拋出複雜的醫學用語，這讓她成功搖身一變，成為了一名厭倦都市生活，希望能夠暫時停留在一份清閒工作上努力的年輕女醫師。對找到一名常駐醫師比登天摘星還要難的郊區銀髮村來說，實在沒有理由拒絕李誘墨。人事處的負責人草草翻閱了她的畢業證書，請她特別對畢業學校保密，因為銀髮社區裡住的都是眼光很高的老人，如果醫生不是出身於頂尖大學就會被他們瞧不起，李誘墨聽了這話略作驚訝地點了點頭。

D銀髮村的建物配置是由三棟建築物沿著海岸排成ㄷ字型，李誘墨的房間正好面向大海，是景色最好的位置。她每天早上都會在沙灘上慢跑一個小時，過去的人生已經在她的身後漸漸遠去，被海浪捲得無影無蹤。

養老院常駐醫師的主要工作就是做簡單的急救和開開頭痛藥而已。李誘墨會給來到醫務室的老人量體溫和血壓，並開幾種基本藥物給他們吃，老人們大部分想要的都是緩解睡眠障礙和消化障礙的神經安定劑，只要她感覺有什麼不對，就會立刻把他們送往鎮上的專科醫院，而只要和偕同外出的服務人員一同去過醫院看診之後，他們的症狀多半都會有所好轉，大家都很喜歡這個每天都帶著很有朝氣的表情、講話特別和善的女醫師。

住在銀髮村的會員們大部分都配有大學醫院的主治醫師，並透過定期健康檢查來掌握身體狀態。這些平均七十幾歲的老人喜歡投入很有活力的運動，或是學樂器和寫詩等等，對興趣和嗜好活動非常積極。每個星期五銀髮村會舉辦調酒趴，大家都非常期待這天的到來，當天廚師們會準備特別佳餚，搭配樂團音樂演出，這是一個讓穿著正裝的長者們享受文雅約會的日子。李誘墨總是一個人坐在角落啜飲香檳，從旁遠遠觀望著那些拚命想找到辦法克服倦怠的老人們。在銀髮村的時間過得特別慢，慢得讓人難以忍受，就在這樣的日子裡，某天發生了一件讓整個銀髮村鬧得天翻地覆的事件：一個老人試圖自殺了。

那個被稱為「尹」先生的老人在喝光一瓶紅酒之後，踏進了自己的奧迪轎車，一路衝向銀髮村地下停車場的大理石外牆。好在儘管撞擊力度大到汽車引擎蓋整面凹陷還發出巨大的撞擊聲響，但這場事故並沒有對老先生的生命造成威脅，事發後老人搖搖晃晃地從駕駛座走出來，自己走去找李誘墨。李誘墨結束簡單的急救處置時，救護車也剛好趕到了。老先生在主治醫師的照顧下接受了從頭到腳的精密檢查，在被判斷身體沒有任何異常之後就回到銀髮村了。沒想到約莫在一週後，當尹先生光著腳站在銀髮村十五層樓高的屋頂欄杆上時，卻湊巧撞見了正在吸大麻的李誘墨。

李誘墨把捲好的大麻菸遞給尹老先生，尹老先生嫌麻煩，轉過頭來看看李誘墨，也因為實在不能在別人的注視下往樓下跳，他還是無奈地從欄杆上跳了下來，用手接過菸。

「從這裡跳下去的話，就會跟麵團一樣碎得亂七八糟哦！這樣也沒關係嗎？」

李誘墨一邊幫尹老先生點菸，一邊問道。

「我就是因為那樣想，所以才一直很猶豫啊。」

「可是醫生，我這不是在開玩笑啊。」

尹老先生語氣生硬地回答完她的問話後，低頭吸了一口菸，只是起初似乎是吸不太到味道。他默默嘮叨了一陣後又低頭深深吸了一大口，這才恍然大悟地抬頭看了李誘墨，李誘墨輕蔑地笑了一聲。他們兩人吸完了大麻菸後暫時在屋頂上的椅子上坐下，這是一個可以一眼看遍火紅夕陽映照在海面上的位置。

「要不要吃飯？肚子滿餓的。」

他們兩人開著在事故後被整理得漂漂亮亮的奧迪車去了火車站附近的麥當勞。李誘墨點了起司漢堡和香草奶昔，尹老先生則點了蘋果派，李誘墨很快就把漢堡吃得一乾二淨，因為她正好吃膩了銀髮村清淡又主要是湯水的特製餐點。尹老先生很新奇地看著把漢堡吃得津津有味的她，吃飽喝足準備上車回銀髮村之際，尹老先生開口問了她：

「醫生今年幾歲呢？」

「老爺您今年貴庚呢？」

尹老先生低下頭來笑得樂不可支。

「以後還想死的話就請來找我吧，那是我的工作呀。」

這位尹老先生在戰爭時失去了父母後，便獨自從擦鞋開始，自己開創了賣鞋生意，妻子出身於家境相當不錯的家庭，在不顧父母反對之下和身無分文的他結了婚，過上非常辛苦的日子。後來賣鞋生意逐漸壯大，慢慢擴大成穩健的中堅企業，還成為某一鄉鎮的驕傲。在妻子被宣告時日不多以前，他一直覺得他的人生非常成功，只是沒想到妻子會因為腦血管腫瘤，一年內就撒手人寰。尹老先生在那時失去了所有慾望，他拋下了事業，並無視大兒子一家表示會全心全意照顧他的話，一意孤行地獨自搬進銀髮村過生活。李誘墨經常從稍遠的地方看見他的子女前來探視他，因為他們經常帶著走路還不穩的小孫子來到銀髮村的大門前，這個大陣仗實在讓人很難不注意到。

尹老先生被那幾個絞盡腦汁想要占取更多財產的兒女氣得半死，連女婿和兒媳都集結成一個軍團追著他跑。尹老先生為了躲開那一大群總是毫無預警闖進來找他的家人，開始經常來找李誘墨。李誘墨會把他藏在醫務室，還特別給他準備熱茶，據說那是一種茶香悠長的中國茶，喝了以後會手腳發暖，晚上可以睡得比較安穩。

在李誘墨的建議之下，尹老先生開始會在每天早上到海岸上奔跑。在管理得很好的肌肉和頭髮狀態下，他的外表幾乎看不出來年近七十歲了，只是當尹老先生正式向李誘墨提出約會的邀約時，李誘墨還是不自覺地笑出聲音來，尹老先生以為她是在嘲笑自己，臉色突然僵了起來，李誘墨看了連忙向他道歉。

「不是你想的那樣啦。」

她止不住笑。

「因為高興才笑的，是真的！」

他們主要會去看老電影，海風徐徐的港口露天汽車電影院就是他們經常約會的場所。

看著《北非諜影》、《羅賓漢》、《第凡內的早餐》、《陽光普照》、《西線無戰事》、《亂世佳人》等沒有隨著時光流逝的老電影，一邊吃著花生和爆米花，對他們來說非常有趣。尹老先生會在看某些電影時無聲無息地流下眼淚，李誘墨很喜歡他的這種模樣。握著他滿是皺紋的手時，就像握著自己父親的手一樣，儘管他們手牽手走在路上時總會引來側目，但他們管不了那麼多了。

尹老先生完全不過問她的過去，也沒有多說自己過去的事，斤斤計較過去的事只能說是白白浪費時間而已，他們兩人之間擁有的時間本來就所剩無幾了。他問過她的事只有兩件，一是有沒有結過婚，另一個是有沒有孩子。第一個提問李誘墨給出的答案是：「失敗了。」而第二個提問她則回答：「沒有。」尹老先生聽完點了點頭。李誘墨問過他的事也只有兩件，一是為什麼想死，另一個則是他是不是太愛過世的妻子，愛得想跟著她一起去。尹老先生在第一個提問中反問道：「醫生妳想要永遠活下去嗎？」至於第二個提問，他則沒辦法輕易給出任何答案。

尹老先生在妻子去世前的一年裡，全程在妻子的病榻照顧她的起居，在妻子臨終前，他經常在床單上爬來爬去，為的是擦拭掉流淌在尿布外的大小便，以免妻子因此皮膚潰爛。每天晚上在妻子痛苦的呻吟和嚎叫聲中，尹老先生幾乎無法入睡，當他覺得再也撐不下去時，妻子終於閉上眼睛走了。在那之後，他開始覺得自己的情感被麻痺了，剩餘的人生實在太冰冷了，還不如一死了之。誰知道某天卻出現了這樣年輕的女人，是個會吃會笑的年輕女子，是這個女人讓他開始穿起顏色鮮豔的運動服，身旁的人也經常說他看起來比以前更年輕了。

尹老先生的角色當然是替代了李誘墨失去的父親，但男女關係的本質本來就是那樣，也不用想得太複雜，不管怎麼樣，兩人接吻的時候感覺不像爸爸，也不像爺爺。尹老先生是個溫柔的戀人，雖然經常需要威而鋼的協助，但前戲會花很多時間，也不太容易累，他抱著她的手臂整晚都不會放開。

銀髮村禁止工作人員和會員談戀愛，所以他們總是用耳語的音量通話密談。尹老先生會在大半夜偷偷溜進李誘墨的住處，有一次他們不小心一起睡過頭時，還被打掃阿姨闖進來的聲音嚇了一大跳，只好在衣櫃裡藏了一個小時才出來。他們在陽臺上偷偷抽大麻時，只要一聽見動靜就會被嚇得魂飛魄散，兩人還因此笑到腸子都打結了。

他們秘密維持的關係被公諸於世，是在尹老先生的七十大壽慶生宴上。在租借了銀髮村的大廳，聘請飯店外燴服務舉辦的豪華慶生會上，尹老先生先是抬手阻止子女要行三次大禮的誇張隊伍，一邊搶走了主持人的麥克風說有重大消息要宣布。當尹老先生說要娶三十幾歲的年輕太太進家門時，兒媳先暈厥了，接下來再聽到連結婚登記手續都已經辦妥的消息，兒子、女兒，以及女婿的臉都唰得一下變得慘白，慶生宴氣氛亂成一團，尹老先生則是一個人一派輕鬆地離開了宴會廳。

李誘墨對他那轟轟烈烈的求婚順從地接受了，不知道是不是貪戀尹老先生的財產，還是因為獨自一個人生活讓她感到孤獨，又或許，她是真的愛他也說不定，但其實我也只是推測而已。結婚這件事涉及很多條件，愛情雖然是很重要的因素，但只有它本身，並不能成為結婚的動機。最後無論是誰都會為了得到自己想要的東西結婚，只要能得到那個東西，就連和陌生人一起生活一輩子這件事都能下定決心咬牙接受。

● REC

七十大壽的壽宴上我爸穿的是黑色的燕尾服。我們明明就事先說好要一起穿韓服的，但不知道他把我們寄給他的韓服丟到哪裡去了，完全沒看到他穿。我爸身高很高，腰也不粗，穿了燕尾服看起來特別帥氣，我老婆看了還哼了一口氣，在那邊瞎鬧說爸爸看起來就跟卡萊・葛倫一樣。我爸感覺不知道怎麼回應這樣的兒媳婦，他什麼話都沒有說。他從一開始就沒有很滿意我老婆。

「妳年紀那麼小，怎麼那麼油條？」

他每次跟我老婆見到面時，都會直接這樣說她。那天我們一家五口全部都穿韓服來了，那時候我太太已經連續三年生了三個女兒但還是不放棄，為了拚兒子正在吃韓藥調理身體中。反正在我爸宣布結婚的時候，我太太昏倒了，後來才知道那時候她已經懷孕四個禮拜，懷老四是我們期待很久的事，但這件事就因為爸爸的結婚發表給蓋過去了。

老爸連正式把那個女生介紹給我們都沒有，應該是覺得沒必要那麼麻煩了吧。我跟妹妹一起去找過那個醫生，本來以為是那種會專門勾引人的妖精style，結果我們都嚇了一跳，因為她沒有長得跟我們想像的一樣漂亮，她身高很高，沒有上很多妝的臉上有一雙非常令人印象深刻的黑眼珠。那個女生沒有在我們面前卑躬屈膝，也沒有擺架子，整個人很冷靜沉著，但是這讓我們更生氣了，因為她的態度就是顯示她是被愛的，完全沒有質疑的空間。

爸爸為了那個女人買了島上的房子來裝修，還因為對方喜歡，就在庭院前面種樹種花，還搭了一個小噴泉臺。他原本可是那種花一點點小錢在我們身上，講話就很囉唆的老頭耶。

我連在準備司法考試的時候都沒有拿過爸爸給的零用錢，我想是因為他看不慣我們吃飽不用工作、只管讀書的樣子吧？我只能靠老媽偷偷塞給我的零用錢，非常節省才能熬過五年的備考生活，但最後也沒有拿到多好的成績。每次聽到老爸若無其事地說一些「我早就知道會這樣」之類的風涼話，我就真的很想死。如果我真的死了，老爸是不是還是會嗆我「我早就知道那孩子會變成這樣子了」？每次說起我爸的事情，別人都會說：「不會吧……」然後笑出來。大家都說父母和子女之間哪會這樣子，太誇張了。但是他們都不知道，一輩子聽人家說「我對你很失望」是什麼心情，不管我怎麼努力，最後都進不了那個人的眼；不管怎麼做都低於他期待的標準，大家都不知道在這樣的狀況下，我到底被迫放棄了什麼。

老爸是考同等學力資格考試出身的，創業後還慢慢完成大學學業，三十幾歲的時候已經是一個有數十名員工的製鞋工廠老闆了。他身高超過一百八十五公分，興趣是打拳擊所以體力也很好，這樣我怎麼可能有辦法贏過我爸呢？我一輩子都沒有成為我爸想要的兒子，如果我什麼都不做就會聽到他說我懶惰；但如果我想做些什麼，他就會說我狡猾。一開始在他的公司學習的那幾年，我真的是受了太多不如人的待遇，別人根本不羨慕我是老闆的兒子，反而會可憐我。

還好在母親過世以後，老爸的氣焰是有比較收斂，我才有辦法過得比較舒服一點。他已經到了只能含飴弄孫慢慢衰老的年紀了，我一直以為他那樣很快就會走。我最喜歡的一種幻想，就是看著老爸過世的那個瞬間，當生命從老爸的身上流逝的那一刻，我會做為他的接班人好好站穩腳跟，接過這個生命的接力棒。只有到那一刻我才能真正和他和解，不管怎麼說，埋葬他遺體的人會是我。

但是老爸就像在嘲笑那樣的我一樣，和那個年輕女人連婚禮都辦了。老人家還真不知羞恥，把全家人都叫去教堂辦結婚彌撒，讓我們在管風琴的聲音裡看著身穿雪白雙釦西裝的他，走向比自己女兒還小的女人！我算了一下，來參加婚禮的賓客總共也只有十幾個朋友而已，老爸的太太手上連捧花都沒有，穿著長度到膝蓋的象牙色連衣裙。看著那個女人的老爸，臉上跟青年一樣光亮，連我那個一直在旁邊罵老頭肯定是瘋了的太太，看到那個畫面也只能有氣無力地嘆氣。

「那是真愛啦，老公你有談過那樣的戀愛嗎？」

老婆那句孩子氣的話讓我很火大，因為太氣了，還對她發火，問她到底把我的臉放在哪裡，但老婆只是冷冷地笑了。我們兩個相親認識兩個禮拜就結婚了，各自的財產、學歷、病歷等資訊都是用訊息交換的。結婚那天我對老婆一句話也沒有說，我是放掉自己喜歡的女人跟她結婚的，所以心裡很不舒服。看照片就知道老婆和我都哭喪著臉，我老婆難道沒有跟我一樣的秘密嗎？不管怎麼樣，我們維持了十幾年成功的婚姻，生了三個孩子，肚子裡還有一個，但是妳能理解那瞬間我們的感受嗎？我們感覺到無法忍受的挫敗感。老婆回家以後，我自己一個人留在那裡，在喜宴的一角找了一個角落坐著喝酒，然後不知道什麼時候腦筋斷了，心裡有一股憎恨湧上來，我一股腦衝到老爸那裡。那個老頭站得穩穩地，牢牢地伸手把我接住。

「拜託你長大好不好。」

爸爸把我送上計程車，好像覺得我很不像話，說了這句話。

「我是要你從現在開始就過你的人生吧。」

老爸簡單說了幾句話就把車門關上了，既然有年輕太太在那裡等他，他心裡大概也很急吧。「過自己的人生」這句話對老爸來說可能很簡單，對我來說卻非常難，在揮舞著大毛筆揮毫的父親旁邊，拿著細筆畫畫的這件事實在沒辦法讓人開心得起來。看到這樣的我，我媽比任何人都還要為我惋惜，還因為我跟爸爸吵過很多次架。

我記憶中的爸爸媽媽，走路時總是隔著一點距離，可能老夫老妻都是那樣吧，兩位平常眼睛都不會對看。不然我媽怎麼會開玩笑說：雖然我現在生大病，但終於可以盡情感受你爸的手了，真是太好了。

老爸本來不是一個很會表達感情的人，只有在對待那個女人的時候態度完全不一樣。不管是誰，只要在他們旁邊觀察一下就能察覺到他的那種柔情蜜意。那個女人的假日都是在島上的新婚房中度過的，每到假日老爸就會親自搭郵輪去接送她。我還聽說他會按時親自煮飯、手沖咖啡給她喝；還為了她特別種花再用這些花來做花環，我想我們去世的母親看到他那個樣子，應該會急著從墳墓裡面跑出來吧。

我老婆那時候肚子已經很大了，去婦產科做超音波檢查的時候又聽到醫生說這次可能還是女兒。老婆說她那時無力地從診間走出來，在診間外面的椅子上坐著時，看到了兩個熟悉的臉，是老爸和那個女人。老婆很確定她看到他們兩個人一起走進診療室，看起來是有打算生小孩，老婆邊說邊氣得發抖，我跟妹妹聽完都要爆炸了。

老爸完全沒有決定遺產分配的事，每次都含糊不清地說時間到了就會處理。母親去世的時候她的財產也都歸爸爸所有了，我跟妹妹沒辦法只能聽他的。但就是這樣，我們到很後面才知道自己被捅了一刀，實在沒辦法忍，因為那裡面有我們的一份才對，那是一輩子都入不了他的眼、著急得不得了的我們，應該享有的一份。

我特別趁爸爸不在的時候去見了那個女人，她看到我也沒有特別驚訝，好像早就知道我會來一樣，端給我咖啡。我把咖啡推開了，但就算熱咖啡潑到褲子上，那個女人也只是平靜地拿乾毛巾來擦而已。我對那個女人破口大罵各種髒話，都是我這輩子還沒有對別人罵出口的話。那時候我才曉得，我其實一直都很怕那個女人，那個比我年紀還小的女人。發現這件事以後，我感覺我的膝蓋都發軟了。

「不要太生氣，您擔心的事不會發生的。」

那個女人小聲地說。

「不會有小孩的，真的不用擔心啦。」

我老婆對我很不爽，她酸我說：我一聽完那句話就乖乖回家了。但是那句話聽起來就是可以相信的嘛，我也不知道為什麼，要說那個女人看起來非常疲倦、非常可憐嗎？反正我老婆還是堅持要我們寫切結書啦。

「寫什麼切結書？那種東西又有什麼用？」

「真的出什麼問題的話可以把她帶去婦產科……」

我完全沒意識到自己笑了出來。

「妳就是因為這樣，爸才會說妳很油條啦！」

明明只是一句隨口說出來的玩笑話，老婆聽完卻突然用雙手遮住臉，攤坐下來開始哭。已經懷孕七個月，肚子很大的老婆哭得好大聲，這是我第一次覺得自己是一個無能的人，突然想起老爸要我過自己人生的那些話。

「不要哭了啦，那對孩子不好。」

我把手放在老婆肩膀上說。

「現在就先觀察看看，不會馬上就有事的啦。」

兩個月後，爸爸過世了，他被酒駕的車撞上，事故發生一週左右就閉上了眼睛。

那女人連葬禮都進不來，因為我妹殺氣騰騰地在外面防堵她，讓她連告別式的周邊都不能靠近。好像在爸爸走之前不久，他就已經和那個女人分居了，我們去那個家裡整理行李的時候，就發現裡面完全沒有生活過的痕跡，垃圾桶裡面也只有拋棄式容器、竹筷、即溶咖啡包之類的東西而已。這讓我覺得可能老爸跟年輕太太一起過的婚姻生活也沒有我們想像的那樣幸福吧。

老爸的遺書裡寫著要把遺產平分成三等份，給我、妹妹，還有那個女人，但是在我們開始處理遺產以前那個女人就已經不見了。如果她還敢出現，我們打算請律師告她詐騙，我在想那個女人可能也有察覺到吧。

葬禮結束之後我老婆生了老四，不是女兒而是兒子，這時候我才第一次有辦法理解我爸的感受，那個孩子跟我非常不像，但又非常像。那個曾經被我推開的自己、那個刻痕又再次原封不動地跳了出來，用天真無邪的臉孔看著我。您能了解這個心情嗎？對，這就是這個故事的全部了。

＊

正逢假日，搭船的人非常多，穿著花花綠綠登山服的人們，在船開始運轉之際不約而同發出了喜悅的歡呼聲。有些人好像期待已久，從包包裡拿出下酒菜開始喝啤酒，我手裡提著從簡易販賣部買的咖啡走到甲板上。根據販賣部的員工所說，那座島本來是安靜的小漁村，不久之前被電視臺拍過以後就突然多了很多觀光客。我伸長脖子看著海水打在船緣時冒出的氣泡，一會浮現，一會消失。

那天下午，我在D銀髮村見了尹老先生的兒子。銀髮村已經因為經營不善於去年倒閉了，現在又被某間飯店買主收購正在重新裝修，目前只有一樓的咖啡店、健身房和泳池還在經營，來來往往的大多是穿著柔和色調家居服的中老年人。我在一樓的咖啡店等尹老先生的兒子，他雖然已經拒絕我的訪談邀約好幾次，但聽到我人已經到附近的這句話，最後還是前來和我見面了。他是一個身材矮小，看起來很溫和的男子，這次還特別帶了尹老先生的一件遺物來給我看，是尹老先生和李誘墨的結婚戒指。我拿起那只沒有裝飾的白金戒指，隨手就套進我左手的無名指裡，那只戒指居然剛好非常合我的尺寸。

「妳就拿去吧，反正我們也沒辦法處理。」

他接起太太的電話，馬上站了起來準備離去，臨走前跟我交代了尹老先生和李誘墨一起住過的透天公寓地址。那棟在附近島上搭建的房子雖然已經掛牌出售很久，但新主人一直沒出現，到現在都還空著。

我遠遠眺望著距離越來越遠的陸地。早上收拾包包的時候，女兒一直哭著說要跟我一起出門，今天是新保母上班的第一天，她是住在同一棟公寓的六十五歲老太太。一開始我雖然有點介意她的年紀，但因為是鄰居的關係還是當場決定雇用她。女兒一知道她要跟第一次見面的陌生人一起留在家裡就很不甘心，不斷撒嬌哭鬧，我只好堅決地把她抱住我的腳不放的手拉開，穿上鞋子。關上玄關門的時候還可以聽見孩子的哭叫聲穿透房門而來，哭得歇斯底里，就連看著海浪波濤的此時此刻，我的耳裡都還依然縈繞著那綿延不絕的哭喊聲。

據說居禮夫人會訂好一天固定抱孩子的時間，一般只抱三十分鐘至一個小時，只有在孩子們不舒服的時候才會再多抱三十分鐘。我很喜歡這段軼事，因為那不僅很科學，也能幫忙消除罪惡感，只是我不僅不是居禮夫人，也沒有像她一樣做著必須不顧自己的生死、為了人類大義犧牲奉獻的研究大業，我只是一個失去理智追著另一個瘋女人跑的瘋女人。

雖然每次通話的時間都很短，但原本會在每週固定時間打簡短問候電話的先生，已經有大半月沒有跟我聯絡了。我不知道那代表什麼意思，雖然偶爾會想像先生在倫敦的生活，但還是怎麼猜都猜不到。每次想到倫敦這樣的大都市時，我的腦海裡就會有燈光和噪音的殘影在剎那間穿過。我沒有辦法自己先聯絡他，他也非常清楚這件事，這本來就是一開始我們倆心照不宣的條件。

出來甲板上放風的遊客不超過五、六個，他們全都孤身一人，一臉茫然地往海底深處望去。這時船上傳來廣播的聲響，船長說我們馬上就要到目的地了，果然過沒多久就從船底傳來船體碰觸港口的柔和撞擊。

我等著蜂擁的下船人潮慢慢減少後，最後才下船，沿著曲折的馬路走了很長一段時間，路上的小房子一戶挨著一戶搭建得密密麻麻，好一會兒才終於看到遠處那棟有著黃色屋頂的雙層透天住宅。我毫無意義地用力敲了幾下緊鎖的大門，然後在房子周圍繞了一圈，裡頭的庭院雜草叢生，噴水池當然也早就乾涸了。

我想像了一下為了迎接妻子而坐船來島上的尹老先生。他雖然已經是身經百戰的長者了，但和李誘墨在一起的生活從頭到尾都是嶄新的經歷，那是和太太一起去小旅行、整理庭院、親自準備飯菜的人生。他是否知道身邊的人都在嘲笑他呢？總之起初一切都非常順遂，其實大部分的家庭都是這樣的，問題總是在結婚典禮後才會出現。

尹老先生說想要孩子時，李誘墨為了掩飾驚訝的心情刻意乾咳了一下。她反問了尹老先生好幾次是不是真的想要把小孩生出來、養育他們、守護他們，完成諸如此類的事？但尹老先生就像個天真爛漫的少年一樣熱切地點了頭，看到那一幕的瞬間，李誘墨感覺自己就像真的懷孕的婦女，胃裡一陣噁心。

請給我一點時間吧。她這麼對尹老先生說。李誘墨不想要孩子，就像不想要鰻魚、袋鼠、牛蛙一樣，她就是不想要孩子，不管時間過了多久都一樣。但她不能把這些話說給尹老先生聽，她只能小心翼翼地把藏在心裡深處的話說出來，她告訴尹老先生：她在過去的婚姻裡都不曾避孕，但就是一直沒有孩子，這表示她說不定是一個不能生育的女人。而且不僅如此，她其實還默默對這件事感到慶幸，因為她的父親一輩子都抱持著同樣的疑慮，一直覺得自己是有缺陷的人。聽完這些來龍去脈的尹老先生拉過她的肩膀，像是要她不要太過操心一樣抱住她，這讓她暫時鬆了一口氣，誰知道過沒多久，他便打電話給附近最知名的不孕診所。那是一個看起來好端端、臉上卻掛著世界上最不幸表情的女性出現的地方。初診前她必須填完一整份長長的調查問卷，上頭列出的題目有：第一次性經驗的年齡、最近一次發生性行為的日期、一週平均的性行為次數、性行為過程中的疼痛症狀……就像在接受性愛諮詢一樣。主治不孕症的診所在婦產科的頂樓，樓下就是新生兒照護中心，從樓下一路上樓到不孕症診所的過程，就像先確認那個未來有望領取的獎盃後，從容展開的冒險旅程，但是只要看著前方的人臉上掛的表情就知道這不是件能讓人談笑風生的事。李誘墨問尹老先生在生下孩子後到底想做什麼。

「這個嘛……當然要教他騎腳踏車跟玩球呀。」

「這你不是已經跟兒子都做過了嗎？」

「那時候要當個爸爸真的太難了……」

尹老先生的目光中充滿後悔，李誘墨這才知道他是不會放棄的，尹老先生是個想做什麼就一定會做到的死性子，就是一個會往牆衝過去，不撞個粉身碎骨不打算回頭的人。他們的爭執開始了，李誘墨怪他把自己想要的強加在她身上，尹老先生則怪她自私自利，兩個人互相詆毀中傷對方，實在沒辦法展開任何對話。

尹老先生的狀況我們不清楚，但李誘墨那時候剛好因為母親的問題蠟燭兩頭燒。

她母親因為神經組織的損傷，不久前身體狀態突然一落千丈，因為高齡的因素，醫院也不太願意幫她動刀，是一個弄不好就很有可能讓李誘墨失去母親的狀況，這時候她不可能浪費時間去遷就於那個她根本不想要的小孩、會不會懷上都不確定的新生命來跟尹老先生爭執，到後來，李誘墨還是重新收拾起了自己的行李。

「妳要知道妳現在走的話，我們是不會再見面了！」

尹老先生看著李誘墨的背影有氣無力地拋下這句威脅，但李誘墨只是背上背包，一句話也不說就離開了家，留下尹老先生一個人留在空蕩蕩的房間，好幾天都不能好好吃飯，也睡不著覺。

事件發生時，是他要去跟她見面的時候，這個比他的女兒還要年輕的女子、整個人生只有謊言的女子、讓他一意孤行發瘋般結婚的那個女子……現在連他的電話也不接了。深夜裡，他離開家踏上渡輪，邊走邊傳訊息給李誘墨：

我會在麥當勞等妳。

如果世界上真有唯一一個定義人生的反覆模式，那個模式恐怕會是諷刺吧——一個曾經想自我了結的男人，去找那個為自己注入生機的女人時，竟然在路上被壓得不成人形。李誘墨一直到很晚才有機會見到他，那時，他整個人已經陷入重度昏迷。尹老先生的全家人沒給她好臉色看，彷彿是在控訴李誘墨親手殺了尹老先生一般。尹老先生的家人在病房周邊設下了重重關卡，不讓她靠近病房半步，最後她一次也沒能近距離見上尹老先生最後一面。

尹老先生被合葬在兩年前妻子被葬下的土地上。有人說他的死是因為他無法忍受妻子死後的孤獨才跟著一起走的，沒有人清楚他晚年那段醜聞纏身的戀愛事件，就連知道的人也覺得對亡者不禮貌，不敢隨便開口談論。他的家人甚至對他在深夜穿越馬路被車撞的事三緘其口，不願聲張。

7 隱身之處

母親過世的時候，李誘墨並沒有哭，她眼睛睜得大大的，眨也不眨地朝下盯著母親的遺容。這位一輩子臉上都掛著笑容、不停胡言亂語的女子，此時嘴唇閉攏，表情莊重。儘管知道沒有用，但她還是搖了母親的身體幾下，就這麼黯然地結束了。李誘墨給母親辦了火葬，把骨灰裝在小小的罈罐中和父親的遺骨一起安置在納骨塔，他們兩人的骨灰罈長得跟雙胞胎一樣，像兩個正在等著她的精靈般閃爍著。

療養院的阿姨把所有事業都收掉了，正打算搬去紐西蘭跟兒子住，走之前也問李誘墨想不想一起去，她搖了搖頭。療養院阿姨離去之前把寫著住址的紙條遞給來機場送行的李誘墨，要她日子過得困難時隨時去找她，但那位女士也在隔年就因高齡的身軀禁不起異國新生活，早早就過世了。在機場告別的她們當然沒辦法預期未來的發展。在機場送行完的李誘墨雙腳一軟，當場癱坐下來，身體裡的水分都脫乾，手指都到了發麻的程度。雖然心裡非常渴望大麻的味道，但尹老先生死後，她就下定決心不抽了，這對她來說有著對他哀悼的意味。

儘管尹老先生已經過世了幾個月，但她還沒準備好接受這個事實，也還感受不到悲傷。如果有人問她尹老先生是個怎麼樣的人，她好像一句話也答不上來，就好像在談論一個很久以前在路上擦身而過的人一樣。她就像在處罰自己一樣把大麻菸戒了，儘管有一段時間她必須經歷手腳顫抖的戒斷症狀，但在那之後她就真的一次也沒再碰過大麻了。

母親的過世讓她獲得了一筆不多的遺產，這段時間她匯給母親的生活費都原封不動地剩了下來，她把這些錢全都領出來放在包包裡隨身攜帶，某天突然走進一間二手車賣場，買了一輛率先進入她視線的車子。那是一輛線條俐落的德國製銀灰色跑車，她用衣服和鞋包塞滿了整個後車廂，在副駕駛座上堆滿食物罐頭。當她坐進駕駛座發動引擎時，引擎傳來了讓人全身振奮的顫動，她手握方向盤，輕柔地踩下油門。

先不說其他的，當車子開始跑起來之後，她原本充滿複雜思緒的腦海便安靜了許多。尹老先生和母親接連離開人世，現在她再也沒有可以回去的地方了，她一直模模糊糊地預想過自己會用自殺來畫下人生的句點，只是走向那個句點的距離可長可短而已。

她毫不畏懼地加快了車子的速度，不顧事故的危險在車道之間穿梭。神奇的是即使在這樣的情況下，她也沒有發生過一次輕微擦撞，彷彿整輛車都流露出「危險！請勿靠近」的氣息，周遭的車都主動避開她。

她整天開著車到處跑，在海邊和山間到處遊蕩。罐頭都吃完了以後，她主要靠便利商店賣的水煮蛋和杯麵充飢，每天晚上她會把車子停在沒有人煙的地方，在後座攤開睡袋睡覺，一到早晨睜眼看見的是籠罩在白霧中的風景。這樣的日子一天又一天反覆著，她暗自希望某天她的存在會慢慢從世界上蒸發不見，或慢慢失去生趣，但這樣的事情從來沒有發生，反而在那之前她的所有資金都用完了，因為實在無法負擔油費的開銷，她不得不改變生活的方式。

李誘墨把車子停在J字國立公園的停車場角落，從那時起就只把車子當作宿舍用。當時她好像還沒有對未來有任何計畫，只是非常確定她想要保有自己的尊嚴直到人生的最後一刻。她盡可能多喝水，以及最低限度地買東西吃來避免自己死掉，即使是這樣，過不久她就連剩下的錢都花光了，連喝水和維持最低限度的進食也變得困難起來。人們野餐後留下的便當、外賣剩下的一點廚餘、已經進到垃圾桶裡的飲料水瓶她都能毫不猶豫地撿來吃。她最喜歡的是已經發潮的零食，因為容易保管又不易變質，還能品嘗到各種風味。但是狀況到底還能糟到哪裡去呢？她像是在考驗自己一樣不斷嘗試自己的底線，一而再、再而三，不斷縮減給身體的供給，把身體貼在地面上，像條蛇一樣蟄伏著。

然而那時候雖然她的體重掉了不少，但她的身體卻沒有一處出現異常，精神也沒有恍惚過，她在每一刻都是清醒著的，非常深刻地直視著自己的現實。在某次經歷酒醉的乞丐想要摸她的噁心事件後，李誘墨剪了頭髮，開始假裝自己是男人。打扮成男生這件事，對露宿生活的各方面來說都很方便，光是穿著足以讓身體在衣服下旋轉的大尺碼衣服、外八大步走就能幫她擺脫掉不少麻煩，但這不是她女扮男裝的唯一理由。她想徹底擺脫過去的人生，想把自己的痕跡都抹得一乾二淨，想變成一個截然不同的存在。這並不是基於什麼後悔或罪惡感，而是因為她對自己一直以來擁有的人生充滿嫌惡，這才是全部的理由。

隨著季節邁入深秋，大半夜裡的氣溫驟降到讓人冷得直發抖的程度。她發現公園裡的廁所二十四小時都有開暖氣，比自己的車還暖和，於是晚上在廁所管理員下班後，她就會帶著睡袋到男廁的最角落鎖上門，在蓋上馬桶蓋的馬桶旁靠著或趴著小睡一會兒，再被各種聲響給喚醒。公共廁所的用途多得驚人，那裡不僅有像她一樣進來取暖小睡的人，還有和情人在這裡做愛的、拿著紫菜包飯或辣炒年糕進來吃的、下定決心要讀書一整天的人等等。有一天她發現有人在廁所的擦手紙垃圾桶上面放了一袋裝有不少書的書袋，裡面混著各種貿易教科書、圍棋入門書、小說和舊電影雜誌等各種刊物，幾天過去了，書的主人都沒有出現。李誘墨漫不經心地開始讀起那些印刷品，比起書裡字字句句的意義，她比較像是順著內容的形體在讀著，但即使只是這樣，都讓她逐漸稀薄的生命慢慢出現一些生機。「大衛．李嘉圖」、「亞當．史密斯」等名字、「尖」、「打劫」之類的圍棋術語、《美術館旁動物園》等電影名稱依次穿越她的身體。

她最後打開的書是《遇難船》。在她第一次讀那本薄薄的、連作者的名字都沒有的書時並沒有什麼感受，也沒有留下任何一個讓她印象深刻的詞彙。然而幾天後，當她陷入脫水狀態整個人靠著馬桶躺著時，她在廁所狹窄的隔間裡看見了鼓起來的白帆，宛如在歡迎她一般，那大概是飢餓引起的幻覺吧，但在她眼裡卻非常真實，美麗得非凡。幻覺裡白帆張開的形狀既像是豐盈蓬鬆的裙襬，又像鬆軟的被子。

她伸出瘦削的手重新翻開那本書──《遇難船》。和第一次閱讀時不一樣，這次她如同咀嚼般，把每一字每一句都深刻地讀了進去，那本小說就像她自己的故事一樣，好像把她心中最隱密的感情都原封不動地照著描述了下來。她能感受到自己就站在那艘沉沒於海洋深處的遇難船甲板上，也似乎能體會小說中潛水員的孤獨和恐懼。在那潛藏在水面下的深處，白帆的形象彷佛深深刻印在她的瞳孔裡面，怎麼樣也除不去。

她一邊用自來水把自己灌飽，一邊讀著那本書，一遍又一遍，到後來甚至能背出幾句話，很快地她就開始把那本書一一抄寫在筆記本上。那時的她不和任何人往來，也不做任何事，只集中精神在把那本小說抄在白紙上，有時候還會大聲把抄寫出的文字念出來。抄寫整本書花了她三十多天，這時時序也正好來到公園裡幾乎沒有人的冬天。因為平常沒有什麼客人，公園裡的商店都關門了，就連垃圾桶也空空如也。

連續挨餓三天的生活讓李誘墨整夜都睡不著覺，她把珍藏的菸頭拿出來，雙手顫抖著，用火柴點了菸，抽完菸後的第二天清晨她就下山了。半山腰有間小寺廟，一名拿著長掃帚正在掃地的年輕僧侶挺起腰來，用明亮的雙眼抬頭看她，她回過頭，繼續沿著山路往下走。快走到山底時，她身體幾乎到了要昏厥的地步，這時她眼裡突然出現了一間小教堂，裡頭正往外冒出做飯的炊煙，教堂的餐廳那頭飄著大醬湯、烤鯖魚和辛奇的味道。

李誘墨立刻直奔教堂裡的餐廳，她躲在排隊的人群中，誰也沒有注意到她的存在。當一位親切的義工往她的餐盤盛飯夾菜和添湯時，她不得不竭盡全力避免當場昏倒。取完餐後，她往第一個看到的位置坐下，入口的食物幾乎都不咀嚼就直接吞進喉嚨裡，耳邊聽見有人叫喚她的聲音，要她慢慢吃就好。那個聲音是來自不久前才剛幫她盛好飯的女子——珍。

「你有多久沒吃飯了？超過三十天了對不對？那應該要從恢復餐開始吃呀，你這樣吃會傷胃的！」

珍照著自己的意思拿走她的餐盤，又端來了一碗白粥。煮得白嫩的粥入口即化，李誘墨就著那碗粥吃了又吃，之後她才知道那個地方其實不是教堂，而是一間祈禱院。她剛好碰上祈禱院禁食四十天的盛會，在那裡聚會的所有人幾乎都骨瘦如柴，個個都飄散著虛弱的氣息，也就是說，祈禱院裡所有人的模樣其實都和她相去不遠。

李誘墨吃飽飯後就跟其他人一起回到宿舍，在溫暖的地板上冒著大汗沉沉睡去，一直到隔天下午才醒過來。她覺得自己的精神狀態驚人地好轉，於是又再次回到飄散著食物香氣的餐廳，這次她總算能好好享用美味的飯菜了。遠遠看到她的珍特意走過來向她打招呼。

「身體都還好嗎？」

李誘墨開口回答說都很不錯，只是從她的喉頭冒出來的嗓音卻非常沙啞，連她自己都感到陌生，還稍微驚慌了一下。她已經不太記得最後一次和人交談是什麼時候的事了，她說自己的名字是李由尚，三十四歲，職業是小說家，父母是曾在俄羅斯傳教的傳教士，只是在不久前過世了。在一旁津津有味地偷聽兩人談話的中年婦女，在聽到她提到傳教士父母時非常驚訝。

「弟兄！你早點說嘛！傳教士教友的家人是要被特別招待的才對！」

那天以後，李誘墨在用餐時間都會多收到一條烤黃花魚當配菜。祈禱院的一天作息是照著禮拜時間運作的，她一個人留在宿舍難免引人耳目，所以也跟著別人進了禮拜堂。她覺得信徒們在牧師大聲喝斥時情緒激昂的神情非常新奇。那天晚上，她回到自己的車上收拾了行李。在祈禱院的個人淋浴間裡脫去衣服時，她第一次看見自己乾瘦得不可思議的身體，胸前的凸起幾乎都消失了，看上去就彷彿是個清瘦少年，她著迷似地直直盯著鏡子裡的自己，母親去世以後她的生理期就沒來過了，在經歷了這一切以後她仍僥倖地活了下來，甚至感覺整個人更年輕了。

祈禱院的一天被四次的禮拜時間劃分開來，並以此為基準運作著。整天禁食祈禱的人很多，他們似乎認為忍受飢餓就能感動自己的神，禮拜堂裡總是縈繞著信徒的抽噎聲和某些人就著聖經字句喃喃自語的細碎聲響，還充滿著莫名其妙的異味。她會在禮拜堂附近溜達到很晚才離開，或是把自己關在祈禱室裡面一整天，直到深夜才回到男宿舍睡覺。每到用餐時間去餐廳吃飯時，都會遇到珍熱情地迎接她，而李誘墨就像要補償瀕臨餓死的幾個月，她毫無節制地吃了又吃，雖然也曾擔心這樣持續增加食量下去會不會把身體搞壞，但不管怎麼吃都還是沒辦法滿足。

李誘墨在祈禱院內的形象是一個來自俄羅斯傳教士家庭的留學生，她開始慢慢習慣大家稱呼她為「弟兄」，儘管在許多男人特別留心觀察她時，她也會不由自主地緊張起來，但她身為女人的真實身分還是一次也沒被揭穿。

李誘墨在那間祈禱院生活了一個多月，和珍的關係變得非常緊密，他們經常在附近散步或一起喝茶。珍看起來似乎和祈禱院的人並不投機，不久之後李誘墨才知道，珍是一個有著七歲兒子的未婚媽媽，她和擔任國中校長的母親一起住，原本要來祈禱院當義工奉獻的是珍的母親，但因為學校臨時有事，珍才會臨時代替母親來奉事。

當李誘墨請珍給她看孩子的照片時，珍的臉明顯容光煥發了起來，那個孩子的名字是珍唯一的祈禱對象。李誘墨在所有人都閉著眼在禮拜堂專心禱告時，一個人睜著大眼思考著：誰可以做她的祈禱對象呢？他們的神並沒有回答她的問題。

珍在返家前一天問李誘墨以後打算在哪裡生活，李誘墨說她打算暫時先住在汽車旅館或韓式桑拿，之後再慢慢找房子住。珍聽完欣然開口問她要不要先暫住在自己家裡，李誘墨就這麼搭著珍的車下山了。那個親切的女孩要她在路上小睡一下，不知道上車之後究竟睡了多久呢，李誘墨一直到車子停在一處燈火通明的住宅前面才終於睜開了眼睛。一名年長的婦人和小男孩從房子裡走出來，用好奇的眼神望著她。李誘墨就在那裡重新開始了新的人生。

我在那個房子住了二十年，我的人生有三分之一都在那裡度過。我們的韓執事[7]是一個特別挑剔的人，對我們非常嚴格，她不讓我們用調味料或是洗潔精，也不隨便讓外人進出家門，您看連我的家人都沒有機會進到那個家了，光是這點就可以解釋很多事了吧？但是就算她對我要求這麼挑剔，給我的薪水也沒有特別好，我之所以會在那個家繼續工作，完全都是因為珍的緣故，珍是韓執事的女兒。

我從珍四、五歲的時候就開始幫忙餵她吃飯、把她抱在懷裡哄她入睡。韓執事平常在家裡的時間不多，因為她對自己的事業非常有野心，所以一直都很忙，我用手都數得出來她在小孩睡覺前到家的次數。多數的平日，我都會住在那個家，週末才回自己家。每次要回家的時候珍都會出來攔著我，我也常常覺得要把那個孩子一個人留在大房子裡，心裡很過意不去。

韓執事是個很虛榮的人，但其實也不意外，因為她出生在有錢人家，很會讀書又考上學校當老師，身邊的人都很尊敬她呀！如果要說她有什麼汙點的話，那就是她在很年輕的時候就離婚了，她想要把珍養成一個很完美的人，這樣才能彌補她的過去。珍很小的時候她媽媽就請了好幾個家教在旁邊，花好多錢培養她樂器、美術之類的才藝。珍稍微達不到自己的標準，韓執事就沒辦法接受，不過珍一開始也很聽媽媽的話，很配合她的要求。她們關係變不好是在珍剛過二十歲的時候，那時珍開始會反抗韓執事的要求，韓執事當然也不會隨便放過，她想用自己的力量去矯正女兒——那時候每天都很水深火熱，她們兩個不知道吵得有多兇呢！反正最後珍就離家出走了。珍離開後，韓執事就一直沉迷在教會裡面，每個禮拜牧師還會邊叫珍的名字邊祈禱，後來不知道是不是因為祈禱應驗了，一年以後珍就回家了，只是她那時候帶著快要臨盆的身體回來，回家還沒幾天就生了。

一開始韓執事連看也不看那個小孩，因為孩子送養的問題還跟珍起了幾次激烈衝突，只是珍對這件事的態度非常強勢，最後韓執事也只好放棄了。不過因為有了小孩的關係，那個家至少變得比較有一點人情味、比較像人住的地方了。那個小孩跟其他同齡

7. 譯註：此處作者以教會負責行政職務的「執事」職稱代稱這位角色。

的孩子比起來身材特別嬌小，個性又很害羞，每次見到陌生人的時候都會躲在他媽媽後面，如果有人想跟他講話，他就會跟小老鼠一樣害羞地跑掉。韓執事給那個孩子買最好的衣服穿、吃最好的東西，也培養他上學，如果沒有韓執事，這些都是不可能做到的。至於珍嘛，她頂多就是打一些計時的零工，那就是她生活的全部了。工作好像是在幫人拍照吧，但好像都在拍一些霧濛濛的風景，我也看不懂那是在拍什麼。珍就跟那些命很好的大小姐一樣，不太有現實感，個性很脆弱，也很猶豫不決，應該就是這樣才把那個跟乞丐沒兩樣的男生帶回家的吧，那個人嘴上說是小說家沒錯啦，但那不就等於是窮光蛋嗎？不然呢？

我親戚裡面也有個堂兄弟是在寫小說還是劇本的，常常皺著眉頭自言自語，動不動就找人家吵架，大家都不太想跟他來往。那個堂兄弟孤家寡人的，大半輩子都窮得要命，大概在五十歲之前就死了，但是在辦他的喪事的時候，不知道來了多少人哩，讓整個家族都嚇了好大一跳，後來我們才知道他在他的領域是很受好評的作家之一。我是不知道那個男生寫了什麼作品啦，但他整個人看起來是沒有我那個堂兄弟孤僻，一開始看到的時候因為他長得白白淨淨的，我還有點意外。他有一副瓜子臉，皮膚很白，看起來簡直就是一個美少年。

韓執事在珍帶回來的那個男人面前沒有擺出什麼不滿的表情，反正這也是在教會執事奉獻的一環，她好像也沒辦法多說什麼，因為還有很多別人的眼睛在看著呢。那個男的也會一起去教會，跟教會的人之間關係也不錯。他說他的爸媽是之前去俄國傳教的傳教士，不知道是不是因為從小就在國外出生長大的關係，那個人身上是很有異國的感覺沒有錯，身材很修長、穿衣服的品味也很好，是去哪裡都會被注意到的那種人。

我本身不是信仰很深的人，就只是習慣每週參加禮拜而已。有一次在做禮拜的低頭祈禱時間，大家不知道在祈禱什麼，祈禱得特別久，我覺得太無聊了就偷偷把頭抬起來，這時候就看到另外一個表情跟我一樣、眼睛睜得好大的男生。我趕快把眼睛閉上，但很快又因為好奇就把眼睛睜開了，那個男的眼神眨也不眨地盯著虛空看，臉上的表情就好像非常專心在思考什麼一樣。後來有好幾次，我都在祈禱時間看到那個男的眼睛張開，那時候我當然覺得他很奇怪了。按照韓執事的話來說，他是做了四十天的禁食修練，把自己關在祈禱院裡的虔誠信徒，是信仰很深的青年。但如果真的是這樣，那他為什麼會在祈禱時間這樣失魂落魄地想別的事呢？但是我一直沒有告訴別人這件事。

他在教會裡面很受歡迎，從小孩到老人，喜歡待在他旁邊的人特別多。可能因為他是作家的關係吧，他特別會說故事，把故事說得非常有趣。特別是那些他在俄國發生的事，聽起來更是格外精采，像是小時候在白晝的夜裡，他在白樺叢林中不小心迷路、目睹貝加爾湖怪獸的故事，這些他講得真的很生動，我們就像身歷其境一樣。他相當具有當場把故事刻劃出來的演說本領，每次在他說故事的時候，最高興的就是韓執事的孫子，如果您親眼看到那個以前特別害羞的孩子邊聽故事邊興奮拍手，您就知道他以前的那種害羞的態度，應該都只是因為一個人太孤單了而已。

那個男的原本說只會待一個禮拜就走，後來用了各種理由拖延，一直到春天都還住在那個家裡。我在想珍和那個男的關係很好的這件事，韓執事應該也是知道的，後來沒過多久就傳出他們兩個要結婚的消息，但是韓執事一反對，他們就一起搬出去了。這是我第一次覺得韓執事也很可憐，像她那樣在世界上不需要羨慕什麼的女人，居然連一個女兒都處理不好，這樣感覺我們也沒跟她差那麼多呀。所以我就想著幫她打打氣，告訴她我在祈禱時間看到那個男的睜開眼睛的事，提醒她那個男的有點可疑，要她絕對不要答應婚事。韓執事聽了只是朝我揮揮手，說她頭已經痛得嗡嗡響了，要我趕快出去。

最後韓執事還是輸給珍了，不到一個月，那個男的就和珍開開心心地搬回家裡。然後您問我事情變得怎麼樣了嗎？結果居然是變成我要從那個家搬出去才行！他們給我的理由是因為要給他們兩個人裝修結婚新房，這樣家裡就沒有給常駐幫傭住的空間了。那時候我才終於懂了，我犯了一個很大的錯，幫傭在家裡的存在就應該完全像空氣一樣，我們不能有形體，也不能發出聲音，我們在把自己的想法說出來的那個瞬間，效用和價值就會消失殆盡。

只是不管怎麼說，我也收到一筆滿優渥的退休金，好像是珍暗暗幫了我一把吧。我最後一天上班那天，珍親自開車載我回家，還一邊哭著說很抱歉把事情搞成這樣。我什麼也沒有多說，只是祝福她新婚快樂。珍看起來非常幸福，那是只有在相愛和被愛的人臉上才會發出的光芒，那種表情是裝不出來的，因為我自己也是女人，那種事我比誰都還要清楚。

＊

到了這個時候，我覺得有必要把稱呼替換一下了。是時候把「李誘墨」這個名字換成「李由尚」，而在這個時期，用「他」來稱呼「她」也更加自然。韓執事在那個家裡不叫他李由尚，而是用「M」這個別名來叫他，這是來自於珍給李由尚取的綽號——「Mystery Man（神秘男子）」的縮寫。雖然一開始是因為李由尚不太講自己的事，珍為了挖苦他才給他取這樣的暱稱，但這其實也是把他的真實身分微妙地揭露出來的小名。他在有人問他的名字時，也會開始回答M，可能對他來說比起李由尚這個陌生的名字，一個簡單又玩笑般的別名反而更容易忍受。

從他的日記來看，他其實沒有打算在那個家待太久的時間。為了找房子，他已經把停在公園的車子賣掉了，也因為看房繞了首爾好幾圈，但不管怎麼看，稍微好一點的房子租金很貴，租金適中的房子卻又很破舊不起眼，設施也很低劣。晚上回到韓執事的家裡時，一比較起來，那個家就宛如天國一樣。

那個家的空間比需要的來得大上許多，裡頭也沒什麼家具，有很多閒置下來的空間。在珍和母親這對母女出門工作後，家裡就只剩下幫忙做家事的阿姨和珍的小孩而已，沒有人會動用二樓的空間。M自己一個人隨意打開二樓的房門進去看，在沒有經過主人的同意之下，把房間內的物品一個一個拿起來審視。珍親自拍的單色風景照片懸掛在屋子內的各個空間裡。

M幾經周折才好不容易跟珍開口，說因為不知道什麼時候要回去俄羅斯，在外面找房很不容易，希望可以讓他在這裡住更長的時間，並且表示他當然也會負擔房租的費用。珍說錢就不用費心了，但他還是趁珍搖手婉拒時，把裝有月租金的信封硬塞到了她的手裡。珍不得已，只好收下了信封，接著彷彿突然起了好奇心一般，問他平常怎麼籌生活費，因為雖然他說自己是小說家，但聽起來也沒有其他收入來源。M說自己還有一筆祖父母留下來的遺產目前正託給住在俄國的叔叔保管，叔叔在俄羅斯經營管理中小企業債券的金融事業，年利率非常好，這對他的生活費很有幫助。

「住在俄羅斯的叔叔」是當天在韓執事家中的客廳中突然想出來的謊話，就跟他以前說過的所有謊言一樣都不是精心策劃出來的騙局，反而像是原本在水面下的東西突然浮出水面似的，突然在他的腦海中浮現而已。珍聽完像是突然恍然大悟一般，向他點了點頭。

珍沒有經過商量就直接向韓執事宣布要把M收留下來當租客。韓執事得知以後雖然怒不可抑，但也不能隨便就把M攆出家門，因為「在貧窮傳教家庭長大的小說家現在在韓執事家長期作客的事」，先前已經在教會傳開了，韓執事每次在家裡撞見M的時候，臉上都止不住對他不以為然的神色。

春天一到，M為了買衣服去了市中心，在百貨公司逛了幾圈後，他觀察了人形模特兒身上穿的男裝，買了牛津襯衫、棉褲和兩雙運動鞋。對一直穿著褪色牛仔褲和起毛球的毛衣的他來說，這次的購物行程有著特別的意義，也就是說，他的女扮男裝已經不再只是臨機應變的手段，而已經發展成為他長期生存下去的手法了。他在百貨公司一樓試戴了黑色膠框眼鏡，店員說他很適合那副眼鏡的話術讓他衝動付了錢，鏡中的男子似乎是想要掩飾天生的弱點，緊張地抽動著嘴角的肌肉。

M用鏡面寬大的膠框眼鏡遮住了大半張臉，穿上肩膀有襯墊的衣服後，故意微彎著背走路，還刻意壓低喉嚨發出嘶啞的聲音，連他自己都很驚訝居然能夠這麼輕易就拋開女性的形貌。除此之外，他也一一抹去那些已經學了一輩子的溫柔親切、不自覺發出的嗲聲嗲氣，以及動不動就無故鬧性子的撒嬌技術。他對絲襪、高跟鞋和手提包沒有絲毫思念之情，只是偶爾還是無法壓抑對漂亮衣服的渴望。當沒有人在家的時候，他會偷偷打開珍的衣櫃，用手輕輕摸著輕薄的布料，這是他唯一且隱密的興趣，他會把臉埋進衣服裡聞著檸檬的香味。M在日記中寫道：那個女人一定是用檸檬皮來洗手的。

那年夏天，M和韓執事的家人一起去了濟州島旅行，這全都是為了珍的兒子。那個空蕩蕩的大房子裡，總是自己一個人玩耍的小少年非常喜歡熱情對待自己的叔叔，動不動就會跟在他身後跑，不停纏著他問各種問題。最後還硬是賴皮，說如果M沒有跟他們一起去濟州島，那他就不去這次的旅行。

他們全家人每年都會在濟州島的度假公寓過暑假，在當地安排的行程和光顧的餐廳也都一模一樣，就像反覆聽同一張唱片一樣，對一家人來說都只是了無新意的休假行程。但那一年暑假一切都很新鮮，M無論到哪裡都一直牽著孩子的手，時不時把孩子抱高玩遊戲、搔癢鬧他，或是把孩子拋進海水裡好逗他笑等等。韓執事和珍各自若有所思，她們看著孩子，心裡困惑著：「這孩子原本就那麼會笑嗎？」

他們在打掃得乾乾淨淨的下榻處卸下了行李。房子的地板上鋪著的是黃褐色的地毯，廚房裡有一張原木桌和數個白色陶瓷杯，打開房子正前方的玻璃落地窗就能直接跑到海邊。孩子每天都光著腳，腳底沾著沙子在屋子裡進進出出，他們一家會在固定的時間到海邊曬太陽、去美術館，或打半場高爾夫。旅行結束前的最後一天，韓執事向M打聽了在俄羅斯工作的叔叔，這是韓執事第一次開口問他問題，M回答得特別順暢，但他的答話卻也沒有引發韓執事的興致。

晚飯時間後，韓執事以頭痛為由先回了房間休息，孩子也打著哈欠跟著奶奶回房，只留下M和珍單獨留在安靜的客廳裡。珍問他要不要出去散步，M什麼話也沒說就跟著出去了。

他們兩人沿著度假公寓前面的海濱慢慢走著，遠方的咖啡廳在朦朧的燈光中傳來了音樂聲，那是首輕快的爵士鋼琴曲。夏夜甜美的晚風吹開了珍的長紗裙，M還記得這種觸感，那是種裙襬纏繞雙腿的感覺。珍沒有率先開口說話，她邁開步伐和M步調一致地走著，她等著他先開口說出來。沉默和順從，突然之間，M明白了珍愛著自己的事實。

隨著兩人的步伐越來越快，他開始隨口丟出各種浮現在腦海中的話題，像是暑假期間的天氣、在濟州島上的生活、晚餐吃的生魚片……兩人一度陷入一陣沉默，珍好不容易又開口說起了他寫的書《遇難船》，並提到她讀完那本書之後深受感動。

「你有實際見過擱淺的船嗎？」

珍小聲地問道。

「沒有，但是……我有潛入水底的經驗。」

M低下頭繼續說著。

「那裡什麼都很稀薄，空氣、光線、聲音，全部都保留不住形體，好像稍微聚集起來又突然消失不見一樣。在那裡面連自己的存在……該怎麼說呢？黏度[8]嗎？連那種東西都變得很微弱，幾乎要發散開來，被周邊的海水給吸收掉。」

「好像很可怕。」

「其實也不會，也不一定會很可怕。在裡面時，連情緒都變得很模糊淡薄，只是覺得很無趣而已。」

「無趣嗎？」

8. 譯註：此處作者使用「流體黏度（viscosity）」做為隱喻。

「因為就只有自己一個人而已。既絕望又可怕，只有自己一個人待著。」

珍緩慢地點了點頭。

「……我好像懂你的意思了。」

從咖啡廳傳來的音樂再也聽不到了，也離最近的路燈群越來越遠，四周異常昏暗，只能聽見浪濤拍打沙岸的聲音。珍用冰冷瘦削的手碰了碰M的手，M停下了腳步。他們已經到了無法回頭的地步了，M非常清楚自己該做的事，那就是回去住處把行李打包好，再也不要回到她們身邊了。但當他把僵硬的身體轉過來時，珍卻又往前接近了一步，她深深凝視M的眼底深處，接著便上前吻了他的唇。珍甜美燠熱的氣息透過雙唇往他的嘴裡傳來，那溫軟又綿密的觸感讓他一時失去了身體的平衡。珍伸手拉住了他的身體，她的身上散發著檸檬和沙子的香氣，M悄悄摸了摸珍的頭後，默默地拉開她的懷抱，隨後兩個人一句話也沒說，靜靜地回到住處。

從濟州島回去之後的M很快就決定要馬上離開那個家，也因此開始寫起了日記。但他終究沒能離開那個家，因為那段時間他的內心出現了某種變化。M和珍談起了戀愛，這也表示他正式開始騙珍了。我原本想要聯絡珍問更多關於M的細節，但實在沒辦法主動跟她聯繫，因為我真的沒辦法再拜託珍詳細說明當時是怎麼受騙上當的。

於是整件事雖然很可惜，我還是只能跟曾經在韓執事家中工作的幫傭見面，聽她說說當時發生的事。結束訪問回家時，母親正在家裡等著我。

「找我有什麼事？」

母親臉上未施脂粉，她默默盯著我好一會兒。

「因為想妳啊。」

我新奇地看著好久沒有整理得那麼整齊的家，在母親照料女兒的這段期間，我吃了她煮的熱飯和湯，還泡了好長一陣熱水澡。當我把身體泡進澡盆溫熱的水中時，我感覺全身簡直和融化了沒兩樣。

過了許久之後再從水裡出來時，我的全身皮膚都變得乾乾皺皺的，我對著鏡子看著裸身的自己。蚯蚓般的傷痕烙印在下腹上方，那個把初生兒從身體撈出之後留下的疤痕，彷彿活生生的生物一樣在鏡子裡扭動著。我轉開了目光，倉促地擦乾身體，披上寬大的T恤。

這時已經把女兒哄睡的母親正走出房門，她看了我一眼之後轉身到冰箱裡拿了啤酒。托盤上擺著啤酒、下酒用的乾貨，以及一份離婚協議書。我看見爸媽的簽章已經分別牢牢掛在上頭對應的位置。

「原來爸最後還是認輸了呀。」

「那是因為我放棄公寓了，一放棄他就答應了。」

「既然都簽了，幹嘛不直接交去法院，為什麼要拿來給我看？」

我往玻璃杯裡倒了啤酒，隨口問道。

「因為妳是我們唯一的證人嘛。」

母親回答時，臉上跟著揚起淡淡的苦笑。

「現在覺得舒服一點了嗎？」

「沒有。」

母親喝完了一整杯酒後才回答。

「感覺變成窮光蛋了。」

這是我第一次和媽一起喝酒。我們喝完一整瓶冰涼的啤酒之後，一起在客廳地板上鋪著的大墊子上躺下，中間我找了去上廁所的藉口偷偷打給了爸，因為我很擔心他。爸說他正和新找來的看護一起看電影，還跟我炫耀說幾天前他買了新上市的家庭劇院，功能不知道有多好，簡直就像去電影院一樣，要我找時間帶孩子回去玩。爸說話的聲音聽起來有點輕浮，我感覺氣氛有點微妙，默默地掛上電話。

再回到客廳的時候，母親已經在白色的地墊上睡著了。母親失去了丈夫、家和財產，以及最新型的家庭劇院，現在真的可以稱得上是一個一無所有的初老女人了，而這一個初老女人正躺在我家的客廳裡。說真的，我還沒有想過會從母親這裡獲得這樣的靈感，因為教導我知性的師傅與教練，一直都是我的父親。父親一輩子都在遵循著懷疑人類、否定現實的《舊約》世界觀，儘管如此，他也從來沒有把自己的生活推入險境或放到警戒的邊緣。誰也沒想到我們家真正的懷疑論者是母親，這是誰也沒有預期過的成果。

第二天睜開眼睛時，母親已經離開了，她只留下一張紙條說要去上清晨的游泳課就先走了。我和女兒一起烤了吐司當早餐。吃完早餐打開電腦一看才發現先生寄來的信。這段期間他自己租了車去了倫敦附近的海邊旅行，聖切斯特海灘，那是我們舉行婚禮的海濱小鎮，我靜靜地喃喃自語，念起了那個名字，腦海中鮮明地浮現那個颳起風時玻璃窗就會噹啷噹啷響的老咖啡廳、咖啡和肉桂捲的香氣，以及赤腳走在灰霧籠罩的沙灘時腳底的觸感。我們在咖啡廳前面的小民宿度過了新婚的第一個季節，先生為了我，還在能一眼看見大海的地方搭建了吊床。

「當時的吊床還掛在那裡，」先生在信中寫道。他寫著：「我躺在晃晃悠悠的吊床上想了很多事情，後來就決定不再想，只是專注聽著海浪的聲音，不一會兒就睡著了。」就這樣他在那個小鎮待了幾天之後，沿著海濱開車回到了倫敦。信末他寫道大約在新學期開始時就會回家，「如果妳還在等我的話。」我感覺好像能在耳邊聽見他那中低音的穩重嗓音。而後來，他也就這麼回到了我們身邊。

8 海底深處的溫度

M每天都比任何人還要早起，並且第一個進浴室。珍知道M唯獨洗澡會花特別久的這件事，因為他動不動就會去廁所把門鎖起來坐著，都到了讓她開玩笑M是不是把二樓衛浴當成寫作室的程度。他在很多地方都和一般男人不一樣，特別在乎清潔，對穿長袖衣服很固執，絕對不會袒露身體部位，而珍則把他這種特別敏感的性格和各方面當成是藝術家的潔癖。

M雖然總是對珍百般關懷，但從來不會做出任何性方面的暗示，或是開任何類似的玩笑，總是莊重地像個紳士一般關心她的心情，在有一點距離的地方守護她，他們之間就等於是某種柏拉圖式的關係。只是在濟州島之行後一切都變得不一樣了，珍動不動就會倚靠他、牽他的手、摸摸他的頭髮。只要他們兩個人單獨在一起，珍就會像是一刻也不想離開他一樣，把她小小的手掌放在他身上的某一處，也時常在他身邊睡著。她的睡臉看起來無憂無慮，彷彿沒了警戒的保險絲一樣安穩陷入沉睡，這讓M時常感嘆珍的天真和無防備。那個女人真的不懂得懷疑別人，就連M瞎扯自己對性事的反感時，面對M那讓人無法理解的各種怪癖，珍的態度依然很淡然，她對一切都沒有一定的標準、解釋，以及判斷。珍在韓執事籠罩的陰影下，一直把人生當成過客來看，對任何事都從不嚴肅以待。面對珍的時候，什麼特別的謊言都不需要說，這讓M越來越喜歡這個女子，睡覺的時候只要緊握珍的手就能緩解緊張的情緒，也能減少惡夢出現。在清晨的黑暗中睜開眼時，珍身上捲起的睡衣下有雙細腿纏繞著他，那是雪白如奶油、光滑如蠟的腿。

M買了一臺十二吋的二手筆記型電腦開始寫起日記，他從在公園露宿、飽受飢餓折磨而中斷日記的時期開始寫起，平常應該也有需要給家人看開著的Word檔的壓力吧。不知道是不是因為自己一個人關在房間內好幾個小時費盡心思的緣故，從這時候開始，他日記裡的字句也開始產生變化，他把每個詞彙一個一個握在手心裡仔細衡量，在感受了它們的重量和質量後，才慎重地寫下一行句子，畢竟時間非常多。

冒充小說家是比先前的所有假身分都來得容易的事，既不需要複雜的偽造文件，也不需要特別的技術。M在《遇難船》上加了自己的名字以後就把整本書重新印刷出來，還用這本書加入了文人協會。對他來說，文人協會在各方面都非常有用處，他把作家們的親筆簽名書放在家裡各個角落，好讓家人能隨時看到；在協會舉辦大大小小的活動時，M也會帶著珍和她的兒子一起參加，沒有人懷疑過他的身分。

每天早上M會到附近的圖書館上班，在圖書館的閱覽室隨意翻書來看，再為自己倒杯自動販賣機的咖啡來喝，盡可能慢慢喝完以後，就到文人協會的辦公室幫忙做些雜事。沒事的時候，他主要會去美術館、劇場、百花盛開的公園到處巡遊，有時也會沿著江邊的河岸漫無目的地散步。他每天都會買蛋糕和餅乾回家，韓執事的孫子是他的忠實大粉絲，他們每天晚上都會參考魔術教學書來學習新的魔術技巧，互稱對方為魔法師和徒弟，關係非常緊密。

當教會舉辦家庭運動會時，M和珍的兒子一起參加了兩人三腳的賽跑，兩個人途中一直摔倒，最後他只好揹起孩子跑了起來，雖然沒有拿到名次，但觀眾給了他們最大的歡呼聲。後來孩子在他背上大笑的照片也被珍洗成了大照片掛在房間裡。

M和小朋友的關係都很好，因為在孩子面前沒有擔心謊言被揭穿的疑慮，所以他只對孩子敞開心扉，而他那即興、浮誇的方方面面也都和孩子們非常合拍。面對珍的孩子，他總是以朋友的姿態對待他，這讓那個以前連一個朋友都沒有的小男孩對M推心置腹，擺出了什麼都能為M做的氣勢，連獨占自己多年的年輕母親也必須為此讓步。

那年秋天，M向珍求婚了。

M是不是以盜取遺產為目的而利用珍，在日記上找不到答案。他一次也沒在日記上提過珍的遺產，究竟是害怕有人不小心看到日記內容，還是抱持其他的想法，我們不得而知，真相只有他自己知道。

韓執事對求婚一事意外冷靜，那時她或許已經多少知道事情發展的程度了。韓執事讓珍和M肩並肩坐下，在他們面前簡單表明自己不會接受這段婚姻。

「你有錢嗎？你打算怎麼養她？」

韓執事瞥了珍一眼說：

「妳應該聽過遺產的事了吧？那也沒有多少錢，還有上面寫得很清楚，沒有我的同意不能隨便領出來。聽好了，我先警告你們，你們不會從我這邊拿到半毛錢！」

「媽妳有什麼權利這樣做啊？」

珍氣得站起來衝著韓執事大吼。

「那是爸留給我的錢耶！」

「他整天在外面鬼混，連自己小孩過得怎麼樣都完全不管！死掉之前給一點錢，妳就知道叫他爸爸了嗎？好啊！」

韓執事嗤之以鼻，也從位置上站了起來。

「你們就做夢吧！我是絕對不會同意的！在我找人來把他帶走之前，趕快把那個人趕出去！」

M當天就收拾行李離開了珍和韓執事的家，帶著孩子關在房間裡的珍，一整天都沒有發出任何聲音。翌日清晨，珍也從家裡離開了。

● REC

那個人跟我不太熟，我是在他加入文人協會之後才認識他的。那時候我負責首爾辦公室的總務，好像是五月裡的某一天吧，我一個人守著辦公室，那個人來了，說要加入協會。他體型很乾瘦，臉上戴了副眼鏡，表情看起來有點不安。我本來是要發會員證給他，但護貝紙剛好用完了，他就說他可以去文具店幫忙買回來。過一陣子之後，他就帶著護貝紙還有咖啡和麵包一起回來了，我跟他面對面坐著，喝了咖啡配麵包。聽他說他是從現在已經停刊的地方文藝雜誌出道的，幾年前還出過一本小說。我對他的印象就是他是一個需要一份像樣工作的窮作家，我比誰都清楚會在文人協會附近打轉的人之中，沒有什麼「真正像樣的」人才，因為我也是其中一個。

我在大四那年獲得了新春文藝大獎，成了小說家。我是當年所有當選者中年紀最輕的，其中一位評選委員寫了一篇評論，說他看了我的小說哭得揪心裂肺，這篇評審推薦文後來在文壇引發話題，讓我受到很多矚目。因為收到好幾份小說的邀約，我也推遲了所有就業準備計畫。那時候當然覺得沒什麼好惋惜的，因為當大學同學們整天都在幫老闆影印報告、釘訂書針的時候，我正在埋頭研究各種足以形容人類這種生物的詞彙呀。那時候對未來什麼也承諾不了的我，身邊也有過一個對我深信不疑的女人，就這樣我毫無埋怨地繼續寫我的文章，想說時間到了再帥氣地辭掉不幹就好。隨著時間過去，我越來越討厭那些寫廢書的前輩們。「寫作是死撐著就可以的事嗎？」我還曾在他們背後用顯然他們都能聽得到的音量自言自語。那時候我以為自己會永遠年輕，就這樣虛度了整個二十幾歲的人生。

危機一直都在。在我去那個女人家請求親家父母答應我們結婚，卻被他爸爸拿菸灰缸摔到額頭的時候；連續幾年在文學獎最終評審階段落選的時候；生了孩子卻擺脫不了發霉的地下室家的時候；以及當我意識到自己把十幾年的版稅加起來，總額卻不到一千萬[9]的時候……但讓我還能這樣把日子過過來的，就是一直在身旁理解我的太太，還有不讓我丟臉的小說作品，每當我快倒下時，就是這兩頭緊緊拉著我，不讓我崩潰。

幸好在文人協會擔任總務工作的時候，薪水儘管不多，但至少每個月都能拿到固定的收入。只是那邊的工作本來雜事就很多，有很多乏味的文學活動——像朗讀會啦、作家見面會啦、發行新訊之類的。我每次請那個人來幫忙的時候，他都會爽快答應，總是很快出現來幫我的忙。我在感謝他之餘請他吃過幾次飯，但是不管是飯還是酒他都吃不多，也不太說自己的事，所以讓我覺得他可能是對所有事都很謹慎的人。

我只讀過他的小說《遇難船》的前幾章，他的文藻很不錯，說實在我還滿驚訝的，也就順勢麻煩他幫忙寫文人協會新訊上要刊的小說。那時候他每天都看起來很疲

9. 譯註：約合臺幣二十四萬餘元。

僡，考慮了幾天後才在截稿那天舉手投降說他沒辦法寫。這種事後來也發生過好幾次，我感覺他可能很久沒寫小說了，但是也沒有因為要賺錢就去找其他工作的樣子，總是看起來家境很寬裕。他手上戴的是知名品牌的手錶，休假的時候會租私人遊艇出去玩，但究竟是有父母在資助他，還是有什麼其他生意手段，我倒是也沒有特別問，反正他看起來是有什麼固定資金來源。

沒多久以後，他在大家跟作家一起喝酒的場合上跟別人發生了一些小爭執。有一個詩人在聊天的時候問他在哪本刊物上出道的，他回答的時候講到那本現在已經停刊的雜誌，態度還有點輕浮，好像覺得那本雜誌很可笑的樣子，結果那個詩人居然也是同一本雜誌出身的。那個詩人每次只要喝了一點酒，有人去跟他挑釁的話，就會不分青紅皂白掄起拳頭揍人，我們好不容易才把大打出手的兩個人拉開，整個聚會也都受到波及。那個人不讓任何人碰他的身體，去了廁所好久以後才出來，他整張臉到處都腫了，看著我反問說那件事到底有什麼了不起的。我雖然什麼回答也說不出來，但幾天後，我自己去圖書館找那本停刊的雜誌，就跟預料中的一樣，我沒有看到那年度的當選者名單上有他的名字。

冒充小說家也許不是什麼大不了的事。我周遭也有一些作品寫得不怎麼樣的作家，他們不斷寫出那些可有可無的文章，從文學史的角度上來看，他們就等於不存在一樣。也就是說，在這個很多人都停滯不前、熙熙攘攘的作家圈子裡，就算出一個假貨出來也不是什麼問題。但用同樣的道理來說，我也不太理解他為什麼要說這種謊，作家這個頭銜只是一種花冠，名譽也不過是很久以前的事，享有作家這個頭銜對他到底有什麼用處呢？

他喝得很醉的那天晚上，我打電話到他家，是他女朋友接了電話，那個女人是那種會出現在亨利．羅特列克肖像畫的嬌小玲瓏女子。我告訴她我對他的各種懷疑，我說李由尚不是真正的小說家，至於他為什麼要冒充作家來欺騙妳，我自己是不清楚，但希望她不要再被騙了。那個女人認出我的聲音，「總務先生！」她打斷我。

「您好像喝得很醉了，趕快回家吧！」

那個女人不相信我說的話，要說陷入戀愛的女人有多天真，看我家那個年輕時因為一時甜蜜便留在我身邊的太太就知道了。仔細想想，當初我也是為了牢牢抓住那個女人唱了不少假惺惺的歌，因為要掩飾自己的脆弱，只好更加賣力地跺腳、唱得更大聲，儘管全世界都警告她不要相信我，但她也是完全不聽。欺騙者和受騙者總是會一起陷入某種愉悅的境地，但某方面來說，後者感受到的快樂可以說是比前者更深。

後來我就沒有再打電話到他家裡過了，本來我就沒有那種揭穿別人謊言的閒情逸致。他去年秋天結婚前，在協會幫了我很多忙，後來不知道是什麼原因，反正他結婚以後就沒有再來過協會了。其實文人協會的那個位置說是打工，其實也沒有給什麼薪水，只是他還是義無反顧地幫我做了所有我拜託他的工作。我有問過他為什麼要寫小說，他好像不太能理解我為什麼會這樣問一樣，反而反問我說他一定要回答這個問題嗎？我想他可能以為我在開他玩笑吧。後來我說希望他能回答以後，他深思了一下，才告訴我他在寫小說的時候比誰都還要幸福。其實搞不好那時候我就已經能察覺他是假的了。

這個嘛……他這個答案也不能說是假的，只是我自己寫小說的時候可是從來沒有一刻感覺到幸福。「幸福」這個詞太輕盈、太開闊了，我雖然做為一個小說家寫作了二十年，但我一次也沒有經歷過那種類型的喜悅。先別說是幸福了，我總感覺過去這段歲月，我經常感到不安和懷疑。生活一直很困窘，也沒有什麼成就感，費盡各種努力和心思，最後獲得的補償卻不到付出的一半，既然如此，為什麼還是繼續幹這檔事呢？那是因為，我就是一個只能做這件事的人哪！我的理論是：到頭來在這個世界上，沒有察覺過那種無力感、無能感的人，是沒辦法走作家這條路一輩子的，那個詩人在別人討論自己出道的話題時突然掄起拳頭揍人，那種憤怒其實也是來自於同一種理論。作家老師，您不同意嗎？

＊

跟著M離家出走的珍，和M一起斷絕外界聯繫一個月，在他們搭公車前往鄉下的途中，珍的臉上一直掛著若有所思的表情發呆，在聽見M叫自己的名字時還會突然嚇一大跳。

他們在P市的一處海岸空房裡拆開了行李，那是珍的一個女性同事米瑞安的祖父母曾經住過的房子，幾年前米瑞安的祖母過世以後，那間房子就已經像廢墟一樣被棄置好久了，那時候珍剛好收到米瑞安的訊息，說他們想要待在那裡多久都可以。

他們抵達那間房子的第一天，M做的第一件事就是拿塑膠布把破掉的窗戶封起來，太陽一下山，外面就吹進來一陣冷風。M和珍找來能當柴燒的東西點起火，當煙終於冒出來時，原本陌生又不安的氣氛降低不少，他們冷靜地一起討論了身邊總共有多少錢，用那些錢可以撐多久，但是他們兩人說實在的，就跟一貧如洗沒兩樣。

「你相信愛情嗎？」

在珍的問話下，M慢慢地開口回答。

「現在才問不會有一點太晚了嗎？」

他們在柴火前面吃著杯麵、喝著咖啡，看著周邊的天色慢慢暗下來。大半夜裡從樹林裡面飄來的香氣不知道有多麼濃烈，他們想睡也睡不著，珍於是給M說了她從米瑞安那邊聽來的事。

「這個房子，聽說到晚上會有幽靈跑出來唷，據說那是米瑞安姑婆的幽靈。那個姑婆跟這個村子裡的青年秀才談戀愛結婚了，但是那個男的結婚之後就馬上跑去美國留學，本來說好學校註冊完、找到工作以後就會叫姑婆一起過去，但是後來不知道是為什麼，那個日子一直改、一直延遲。最後他們之間的聯絡越來越少，到後來完全失去消息。不久之後就聽說那個男的遇到一個美國女生，兩個人已經結婚了。姑婆聽到消息，想要趕快去美國確認，好不容易才被她的父母擋下來，畢竟那時候美國非常遠，他們也不清楚對方確切的聯絡方式和地址，再加上如果消息是真的，那還有什麼去當地確認的意義呢？但是姑婆始終不願放棄，一直鬧脾氣說要去，最後她的家人只好把她關在房間裡，還輪流看守她怕她跑出去。幾天以後，就聽到房間裡傳來『咚、咚、咚』那種敲門的聲音，打開房門一看，他們才發現女兒的脖子套著繩子，已經死掉了，在空中懸吊的腳咚、咚、咚地敲著房門。」

珍只講到這裡，手指著那房子後方的窗戶。

「聽說那個房間偶爾還是會發出腳在敲門的聲音。」

M順著珍手指的方向看了那個房間的窗戶。

等了一會兒，夜更深了，他們一起回到房子裡，在冷得讓他們全身顫抖的房間裡，肩挨著肩睡著了。不過儘管他們豎起耳朵想聽聽看是不是有幽靈在敲門的聲音，但能聽到的卻只有遠處傳來的波浪聲。

隔天早上，他們先繞了整個社區一圈。房子的不遠處就是海邊，海水非常輕透，彷彿可以穿過水面看見碧波蕩漾。M霍地走上前用手盛起了海水，海水傳來了足以凍透骨頭深處的冰涼氣息。他感覺每一次海浪拍打在海岸上時，他的腦海深處又更清晰了一些。珍在不久之後就跟了上來，一不小心在雙腳移動的時候撩起了海水，把衣服都弄濕了，珍驚叫一聲，兩個人轉頭相視而笑。天空中雪白的雲朵緩慢移動的畫面映照在水面上，倒影清晰可見。

雖然找到能夠遮風避雨的房間，但問題是他們手裡一點錢也沒有，就算在村子外圍到處找，也找不到適合的工作機會，那是一個連小商店或餐廳都很難找的偏遠村落。

珍每天早上都會從外面扛來兩大袋的蛤蜊，接著兩人並肩坐著，奮力搓洗蛤蜊的外殼，就靠著這點工作賺一丁點零錢，這些錢也只勉強夠他們一天吃一餐的量，但他們對此毫無怨言。早上洗完蛤蜊殼以後，珍會到外面拍照，M則是留在家裡寫作，其實那只是記錄一整天發生什麼事的日記而已，但珍當然對此一無所知，只要M在寫作，她就會像是等待什麼大事發生一樣，在一旁屏住呼吸。

珍在那個房子裡拍了很多照片，包括他們停留的陳年廢宅、總感覺有點淒涼的鬧鬼房間和窗戶，這些都被她拍下來留作紀錄。其中更讓人印象深刻的是M的照片，她近距離拍攝了M的頭髮、肩膀、手指、鞋子。在光的照射下，這些照片很難被一眼看出到底是什麼，多半只是隱含著某種形體，或者形體的某一部分而已。M一次也沒有直視過鏡頭，就連在照片中，他都看起來像是個有很多秘密的人，但是對珍來說，這並不成問題——其實也不，這麼多明顯的徵兆當時在她的眼裡是看不見的。

在那個破舊的房子裡，珍度過了一段非常平靜又幸福的時間，只是一想到被他們留在家裡的孩子，她就感覺有根刺在身體裡穿梭，到處刺痛著自己。

「講這些話應該很可笑吧，因為我也不是什麼好媽媽。但是只要生過孩子的人都一樣，全都會變成我這個樣子，我們沒辦法去想像小孩不在的人生。」

某個房子被風吹得左搖右晃的一天，珍在M的身邊躺下後說道：

「我離家出走以後，才知道肚子裡面有小孩的事，當然我連懷孕的事情都沒告訴過別人。我那時候才只有十六歲而已，沒有把孩子拿掉是因為太害怕、太天真了。那時候就覺得動手術好像會非常痛，所以就這樣錯過開刀的時間了。我每天都不停祈禱小孩會自己不見，但是肚子開始變大以後，我真的好害怕，最後肚子大得跟山一樣大，我只好回家找媽媽了。」

珍望著天花板低聲地說道。

「我現在很後悔，但不是在後悔生小孩的事，而是回去找媽媽的事。我應該要想辦法靠自己的力量站起來才對，但我已經永遠失去那個機會了。生完小孩以後我就完全逃不出我媽的手掌心了，她也非常清楚這一點。」

這時候隔壁房間傳來「咚咚」的敲門聲，珍大吃一驚，連忙問M是否有聽見剛剛傳來的聲音。M悄悄起身到隔壁房間查看，隔了好一會兒都沒回來，珍在害怕之餘也跟著去隔壁房看，一打開門就看見M呆站在空房間的正中間，臉上的表情有些失魂落魄。

「為什麼站在這裡？」

「我說這個房間啊，感覺好像有一股熱氣。」

是真的。那裡沒有吹動窗戶的寒風，可能是因為這樣，待在其他房間裡都讓人冷得發抖，但在這間房間裡卻有特別暖的感覺。他們很快就把衣服被子都搬進這個房間，雖然珍說這樣應該會做那種雙腿從天花板上垂吊下來的惡夢，但卻沒有再提要搬回其他房間的事，他們十指緊扣一起等著入睡。

「這裡……就好像海底深處一樣。」

M一言不發地看著珍。

「但是我們兩個人在一起，一切都會沒事的，也不會孤單了。」

在珍確實睡沉以後，M把緊扣的手指抽了回來。他總是用牙齒把指甲啃得短到接近危險的程度，粉紅色的肉都透出來，M沿著指甲的邊緣移動手指。珍則像個孩子一樣在睡夢中深深地吐了口氣。

離開家裡半個月左右，他們就跟韓執事聯絡了，是為了打聲招呼，也是為了繼續託付小孩。珍在簡短交代完要事後就打算掛上電話，被韓執事著急地叫了回來。她問珍他們人到底在哪裡？怎麼過的？是不是真的不打算回來了？但珍只是隨便打發一下，連傻子都看得出來現在牌已經到他們手上了。一週後韓執事就舉手認輸，讓他們搬回家。

M和珍在教會舉辦的婚禮禮拜非常簡樸莊嚴，珍穿著雪白的蕾絲禮服，手上舉著用槲寄生和玫瑰裝飾的花束。在場的賓客都真心祝福這一個長期活在孤獨和寂寥的家庭獲得新的家庭成員，M則像個不敢相信自己那麼幸運的新郎，不停偷擦眼角。他們兩人一人一邊牽著做為花童的兒子一同退場，從座位上起身祝福他們的賓客也紛紛對著他們撒下雪白色的花瓣慶祝。

婚禮結束後，珍領到父親留下來的遺產，並把這些錢全部交給M保管，這是為了給什麼也沒有的丈夫出力。但是韓執事的態度並沒有改變，雖然允許了婚事，但她依然不認同M為自己的女婿，就算在同一張飯桌上吃飯也不多說話，把他當成透明人一樣看待。

當兩個人單獨在一起時，珍小心翼翼地開口向M提議，說把現在做的事都結束後，就乾脆一起搬去俄羅斯吧，他們可以搭西伯利亞列車拜訪他在貝加爾湖附近的故鄉，先觀察一下附近的氣氛，之後如果他願意，那就乾脆直接搬去那裡也不錯。M反問她那是什麼意思，珍說在那個寬闊又陌生的土地上，M可以寫作、她可以拍照片，兩個人開一家小間的民宿過生活感覺也不賴。對於這個念頭，她不是只想過一兩次而已，在那個時候她已經開始對在照相館安撫、逗弄孩子和幫他們拍照這件事感到厭倦了，現在既然有錢了，就可以到新的地方展開新的生活了，她說。

「一起走吧。」

珍用平淡的語氣說道。

「我去哪裡都可以。」

M沒辦法和珍閃爍的眼神對望，連忙轉過視線。

M把從珍那裡拿到的錢都放在地鐵站的付費置物櫃中。明明放在銀行會更安全，但他不這樣做的原因可能是打算避開一連串的金流監視網，在必要的時候可以直接從地鐵站的置物櫃捲款潛逃。其實那時候他如果乾脆這樣一不做二不休，那整件事情可能還比較簡單，但最後一刻不知道是什麼原因遲疑了。每到傍晚他就會像其他人的老公、爸爸一樣買些麵包糕點或冰淇淋回家，珍和孩子會伸開雙臂跑過來迎接他的到來。M曾在日記上寫到，每天晚上他的心情都跟走進迷宮一般，繼續像這樣拖延下去，一定會被人抓住把柄，必須在一切都太遲以前趕快離開才行。到目前為止，他都是靠著能夠對未來事件提前感應，才能生存下來。

在珍提起俄羅斯的那天，大半夜傳來的某種聲響無意間喚醒了韓執事的孫子，孩子從床上爬了起來跑向窗戶，看見了M從大門走出去的背影。外頭雨下得很大，他到底要去哪裡呢？孩子知道M是個魔法師，具有無窮無盡的能力，於是站在窗戶旁邊的孩子很快就回到床上睡著了。在夢裡，他還和M兩個人一起去了俄羅斯，聯手打敗了住在深水湖底的龍。

隔天為了找消失的M，珍來到家裡的書房，在書桌上看到遺留的原稿。她癱坐在椅子上慢慢讀起那些文字。原稿的最後一章上寫著存放珍遺產的地鐵站置物櫃密碼——2415，是毫無意義的四個數字，整份原稿裡連一句道歉的話也沒有。

9 冒牌謊言

秋天一揭開序幕，先生就回家了。九個月沒見的先生看上去總覺得有哪裡不一樣，乾瘦的身材曬成了好看的樣子，身高好像也長高了一些。聽我這樣一說，他靦腆地笑了，這樣的開始並不壞。我為了他久違地在廚房裡做了幾道料理，女兒好像還不相信爸爸回來了的樣子，一直盯著他的臉看，我們在餐桌上對坐著吃飯，他喝著滾燙的湯，熱得滿頭是汗。

吃完飯後先生從行李箱裡面一件一件地掏出給我和女兒的禮物，他就好像一名去了遠洋旅行的船員一樣。陌生地看著整個家，彷彿還在暈船似的，一時找不到坐下來的位置。我們躊躇著許久才一起在床上躺了下來，各自在沉默和黑暗中安靜地呼吸了一會兒才分頭睡著。早上醒來時床上就只剩下我一個人，遠遠聽見孩子正在廚房裡和先生對話的聲音。

在迎接先生回家前，整個週末我都在家裡打掃。珍寄給我的資料、訪談逐字稿等各種文件散落在家裡各處，這段日子裡我就像是出門銜草回家築巢的鳥兒，把各種資料都帶回家，但卻連一行字都寫不出來。期間我也從珍那裡聽說之後會辦M的葬禮的事。

珍為了告訴我這個消息，親自到了我住的社區，這次滿意外的是有人陪她一起過來，是她的同事米瑞安。米瑞安有著棕色的瞳孔，臉上戴著大圓框眼鏡，看起來是個可愛又好相處的女生，她說她最近都在幫珍的家人舉辦喪事。我和珍在咖啡店裡聊天的期間，米瑞安獨自在稍遠的座位靜靜地看自己的書。我和珍都點了咖啡。

「妳剛是說喪事嗎？」

「都是為了孩子好，他一直沒辦法放下那個人會再回來的想法，我們在旁邊看真的很痛苦。」

「是說連遺體都沒有就要辦喪禮嗎？」

「就是……一種儀式而已。我媽也說不管辦什麼儀式都好，但是有必要把事情好好結束掉才對。」

珍的臉上像是已經無懸念一樣，表情十分淡然。在我們分開之前，她彷彿是對我寄託了什麼希望似的開口問道：

「小說的進度都還好嗎？」

我若無其事地撒了謊：

「對，託妳的福。」

據說M的告別式將在韓執事的教會舉辦，時間就訂在M失蹤後的一週年紀念日。我雖然在喪禮前一天收到了訃聞，但心裡卻一點都沒有想去弔唁的想法，因為如果葬禮看起來跟假的一樣，我大概沒辦法忍住笑吧。但如果葬禮看起來像真的一樣，我恐怕無法忍受那份恐懼，因為我的內心還在排拒著，拒絕接受他死了的這件事。

先生的正式休假將一路延續到下學期開學為止。他什麼事也不做，只是在家裡消磨時光，和女兒一起度過每一天。我和他都盡了最大的努力。我們像以前那樣對話、開對方玩笑，也會一起開懷大笑，但終究沒有辦法恢復到一開始的時候。即使是平穩的表情和話語聲，以及閒聊般的日常對話，都有深切的沉默埋藏在裡頭，我們宛如在跳一支優雅的舞，輕巧地與對方擦身而過。

M的葬禮那天，先生和女兒一同出門去了，他們說要到晚上才會回家，留我一個人在家裡，整天和翻譯的工作打滾。已經延了幾次截稿日的原稿好不容易才出現幾近完結的跡象，是因為跨過整本書中半部大量科學用語的章節以後，翻譯速度才總算開始跟上進度。我埋首於工作，等回過神時已經是傍晚時分了。家裡安靜得如同在水裡深處一般，一切都靜止不動。

瞬間感受到飢餓的我，隨手拿起皮夾出門，想說簡單買點三明治或紫菜包飯來吃，誰知道路途中卻突然飄來一陣炸雞的味道，馬路對面一處外觀整潔的啤酒吧映入眼簾。我一時衝動，到店裡點了份炸雞，接著便一口接著一口大口啜飲著店員先送上來的啤酒，連喘息的時間都沒有。此時正巧有十幾個年輕人一齊進到啤酒吧，他們的氣勢簡直就像一股滾燙的熔岩瞬間傾湧而來，他們笑著、鬧著、大聲抱怨、叫著彼此的名字，此起彼落的喧囂聲轟隆轟隆地在狹小的空間裡縈繞著。看起來才剛過二十歲的這些孩子很年輕、無知、精神充沛。我只聽見無數個聽不懂的單字在耳邊響著，在旁邊僵硬得如同一座化石的我，待了不久後便請店家把炸雞打包，匆匆離開店裡。我的胃口在這一瞬間頓時消失了，時間已經到了晚上六點，四周看起來還很亮，這讓我突然覺得還是該去告別式上看一看。

坐落在一處靜謐住宅區的教會，是一棟五層樓高、規模頗大的石造建物，老樹茂密的教堂入口處公布欄上貼著告別式的公告。我沿著兩旁排著弔唁花環的走道走進禮拜堂，這時從裡頭傳出了管風琴的聲音，正準備開始告別禮拜的儀式，我可以看見前排韓執事和女兒、孫子同在的背影。我默默走向最後排的位置坐下，如果前方真的擺了空棺材或骨灰罈應該真的會很荒謬，所幸那類祭儀都沒有出現。

牧師用悲傷的語調朗誦出逝者的年譜。李由尚在俄羅斯傳教士家庭中出生長大，是個值得信任的青年，是一位備受期待的小說家，也是一個女人的丈夫和一個孩子的父親。他給這個家庭注入了溫暖的愛和溫情，雖然他在一場意外事故中失去了回家的路，但是他已經去了心愛的主懷，會在那裡永遠安息。

我和短暫回過頭張望的珍對上了眼，她朝我的方向微微低下頭。珍的臉孔非常消瘦，恰如一名甫失去丈夫的妻子，在她的身邊有一名身穿白色襯衫和黑色短褲的小男孩，正牽著韓執事的手，他們看起來就像分別在哀悼不同的對象。

那個教會以唱詩班自豪，M先前也是唱詩班的成員之一。唱詩班唱了兩首他最喜歡的讚美詩以示悼念，演唱的過程中和音分岔、一點也不和諧，是很難聽得懂的實力，但教會似乎不覺得有什麼問題。唱詩班的祭悼演出結束後，韓執事走上了講臺，為她最喜愛的女婿誦念簡短的追悼辭，在幾個人的抽泣聲陪襯之下，走個形式過場的告別式就草草結束了。韓執事向來參加告別式的群眾表示感謝，並表示在附近的餐廳備妥了佳餚致謝。韓執事的學校同事、教會的教友、附近的鄰居和親戚都一一起身離開，在那裡沒有一個人真正了解過M，我也很自然地成為了他們中的一份子，我跟在人群裡，突然發現自己餓得頭昏眼花。

用餐大廳寬敞的韓式定食店很快就擠滿了人潮，米瑞安正忙碌地跑來跑去為餐廳裡的人安排座位。沒有其他同伴的我在一群女士占去的桌邊角落找到一個座位，她們都是附近鄰居，一起去同一間教會、在同一間超市購物、又在一樣的健身中心運動。她們大聊特聊對M失蹤的各種猜測，竊竊私語地下結論說：「不管怎麼說，應該是有女人了吧？」其中一位大姐津津有味地講了自己朋友的丈夫寫了遺書之後銷聲匿跡，直到十年後才被發現在南海一個島上的村莊重新成家立業的事。當她講到那個和前妻重逢的男人，如何像碰見死去的大姐一樣嚎啕大哭時，我悄悄地從座位上起身離席，她們這時才察覺到我的存在，紛紛抬起頭來，並且隨即對原本的話題失去興趣，轉而聊起減肥的話題。

我來到餐廳的入口，故人的家屬排排站著為賓客送行。珍向韓執事介紹了我，我也點頭回禮。韓執事的五官和珍非常相似，只是線條看起來似乎更加鮮明。珍在韓執事的面前顯得有點畏畏縮縮，我覺得她應該很害怕自己的母親。

「我聽了很多關於作家您的事。」

韓執事率先向我伸出手，是一隻乾瘦得有點怪異的手，我稍微握了那隻手就放開。珍送我到門口，一走出餐廳門外，原本鬱悶的心情就稍微舒坦了，我們一起走了將近一個街區左右才道別。

「謝謝妳今天過來。」

她小聲地說。

「那個人如果知道老師您今天有來，應該也會很開心的。」

我沒有說話，只是點了點頭。遠處稀微的草蟲鳴叫聲傳進了我們的耳裡。

「妳應該早就知道她是女生吧？」

在我突如其來的問話下，珍停下腳步。

「妳早就知道那個人是女生了，所以當初才先說要跟她一起離家出走的，不是嗎？」

她的神情在黑暗的夜色中看不太清楚。

「……那很重要嗎？」

珍低聲反問我。她和我的雙眼對視了半刻又立刻分開。她很快低下頭來，用手撥了一下被風吹亂的頭髮，看向遠方。

「反正都無所謂了，對我來說。」

不久後從餐廳走出來的韓執事叫了她一聲，首先開口向我道別的人是珍。

「那個人的原稿請一定要還給我。」

珍彷彿下了決心似地撇下這句話後便轉身跑開。和她分別後，我沿著附近陌生的住宅區，漫無目標地開始走了起來。如同往年的秋天，空氣清新得讓人心曠神怡，晚風也很涼爽。我的眼前開始出現樹梢漸黃的樹木、燈火通明的住宅散發出金黃色的光芒、老人站在電視前觀望、縫隙中傳出來各種電視新聞消息、年輕夫婦爭吵的聲音不斷、在黑暗的房間獨自彈著鋼琴的少女……隨著我一步一步往前行，那些場景一個又一個被我往後推向後頭，我沿著一排排的樹和圍牆，不斷往前走了下去。

回到家時已經接近午夜，家裡黑暗而寂靜，只留下客廳一盞小燈還亮著。當我脫下鞋子進到玄關時，一眼便看見坐在沙發上的先生抬起頭看著我，他正在用平板讀書。

「很晚了。」

「有點事情。」

「好吧，妳應該累了吧，早點去睡吧。」

他簡單說完話，起身朝書房方向走。

「你為什麼會回來這個家？」

我用低沉的聲音問他，讓他的步伐停了下來。

「你還在恨我吧？說實在話，你每次看我的時候都在想什麼？心裡有什麼後悔嗎？會做什麼祈禱呢？」

我像在責備他一樣連珠炮地丟出一連串問話。這時的我很難好好整理我的想法，一整天什麼都沒吃還走了一晚上的路，在極端的飢餓和疲勞加乘之下我感覺全身乏力，先生用無法理解的神情看著我。

「妳覺得我恨妳嗎？」

先生隔了好久才又慢慢開口。

「怎麼會呢？我憎恨的是我自己。」

他緩緩在沙發上坐下，把一雙大長腿往前伸了出來。

「就像那天一樣，妳三更半夜才回家，就像這樣莫名其妙地突然對我告解一堆事不是嗎？妳看我的眼神就像在看可憐的孩子一樣，但有件事妳不知道。」

他用平靜的語氣說。

「我其實早就知道妳出軌了。」

他眼神毫不動搖地看著我。

「那就像氣味一樣，想藏也藏不住。我一開始也不相信，一直以為是從家裡某扇窗透進來的味道，因為我總覺得妳不會那樣對我、更不會那樣對我們，如果沒有接到套房管理員打來的電話，我可能到最後都會這樣相信吧。那個管理員連一點要嘲笑我的態度都沒有，他只是告訴我說那個房子經常有男人出入，還淡淡地補充說在那種住商混合的套房這種事太稀鬆平常了。這時我才開始看清事實，看見妳那些不合時宜的謊言、虛假的承諾、與情況不符的辯解……知道嗎？妳連在家裡都踮著腳尖走路，這些我全都當作不知道，直接騙了妳。是律師教我應該要那樣做的，他說為了把一切都拿到手，我必須先搶占證據，徹底毀了妳的前途才行。」

先生的臉上絲毫不帶任何情感，不，他看起來好像已經拋下了以前的所有緊張，也正在魯莽地解除身上所有武裝。

「錄音、照片、行車紀錄器記憶卡，我經常想像用這些當燃料把妳燒得一乾二淨，不過最讓我驚訝的是，我居然什麼都感覺不到，唯有妳和我的關係有多麼破碎這一點，我是很深刻體會的。但這些都無所謂了，我就像在守護墳頭一樣守著這個家。只是妳突然有一天在我面前坐下，然後開始跟我坦承全部的事，這讓這段期間所有我蒐集的證據相較起來都輸慘了，等於是親眼見到證人出場一般，那時我的羞恥才開始湧上心頭。下一刻我突然懂了，我腳下的根基其實早已崩潰殆盡。」

他把視線轉向地板。

「那件事把我心中屬於男人的自負和信任，還有所有它們的根基全部都敲碎了。我不知道這下我是誰、想要什麼、該去哪裡，只留下一個只能在原地顫抖的蠢樣子。妳認識的那個人、那個男人現在不在這裡，只是一個空殼子、殘骸和飛灰，所以啊，現在換妳說了。」

他用溫柔的語氣說。

「妳在看著我這個幽靈的時候，心裡有什麼想法？有什麼後悔？都做了什麼祈禱呢？」

● REC

我本來以為我們沒有什麼需要再見面的事了，居然又這樣見面了。上次見面是在告別式那時的話，應該有兩個月了吧？我有聽說您在寫小說，但後來也沒有再聽到什麼消息了，我女兒心裡好像一直在等那本書。說真的我是怎麼樣也不懂，她到底為什麼要一直糾結那些糟糕的事。我是那種盡量不往過去想的人，本來就沒有什麼好的回憶，也很討厭去想會讓我憂鬱的事，但是最近不知道怎麼了，我一直想起以前的事，有時候還會突然想起一些忘掉的畫面。這應該是年紀大了的意思吧？如果能好好領會慢慢流逝的歲月就好了，但是時間偏偏會大片大片消失，所以最後也只能發現廢墟。

我結婚不到一年就離婚了，老公婚前和女性的關係就很複雜，我身邊的人全都異口同聲勸退，但我當時被他迷得神魂顛倒，一點都不清醒。那還是在我大學畢業以前的事，但當時我根本沒有把我的人生、我的未來放在眼裡，一結完婚我們就馬上有了孩子，但是他留在我身邊的時間連一兩天都不到，我的整段婚姻都跟在他身邊的女人們後面跑。

後來我一說到要離婚，我爸就打了我耳光，那是離婚還很少見的年代，後來我只好靠我媽幫忙，跟女兒一起搬來首爾，租了一個小房間，那時候最難忍受的就是應付旁人的眼神了。我又重新進了教育大學讀書，成為老師，後來就沒有想過要再婚，女兒就是我的全部，就算整天被工作折磨得不成人形，回家抱住那個溫暖可愛的孩子，所有憂愁都會消失。

您見過我的女兒吧？她小時候真的跟天使一樣可愛，我們一起走在路上時，大家都用羨慕和感嘆的目光看著我。我相信這孩子能擁有全世界，或者至少想帶著她成長，讓她過上有所選擇的人生，但是那個孩子從某個瞬間開始就脫離了我的懷抱，再也控制不了走上偏路。她不再碰書本、動不動就離家出走，找到機會就說要去死，這樣威脅我。我也接到過說她在學校交友關係不尋常的警告，準確來說，是她和女生之間的關係，她們一起進去同一間廁所做了一些鬼鬼祟祟的事，被學校發現了。我追問過女兒，她居然想也沒想就承認了，讓人哭也不是、笑也不是。那是我第一次對女兒動手。「媽妳懂什麼呀？」臉上印著紅手印的她瞪著我說，她問我，關於愛情、關於性事，媽到底懂什麼？

因為被孩子傷得太深了，後來我也就慢慢放棄了。那孩子從國中退學離家出走以後，我就一直埋頭在教會的奉事活動上，就這樣大概過了一年吧，有天一大早，我要出門禮拜，才剛從家裡出來就看到女兒全身披著厚厚的雪呆站著，我趕快抱住那個孩子，她的小肚子下面有個軟乎乎東西震動著，觸動了我，那明顯是一個就要臨盆的身體。她要我煮拉麵給她吃，狼吞虎嚥地吃完拉麵以後，她很快就在床頭邊睡著了。我在旁邊靜靜地看著孩子，很快也跟著睡了過去。孩子離開家以後，我沒有一天睡好過。

那天在光線明亮的房間裡，我們倆並排躺著沉沉睡著了，醒來的時候精神還有點恍惚，似夢非夢的，但這不是夢，看到在旁邊躺著的女兒，我只覺得一切都是我的錯，那時候就下定決心不要再失去她了。

女兒睡醒之後我就對她說，她不能再像以前那樣了，如果她想繼續住下來，那在孩子生下來以後就要回去讀書，也要跟我一起上教會。女兒以前那種青春期的血氣方剛大概都沒了，她乖乖聽了我的話，小孩生下來以後好像又更依賴我了，連學力檢定都很認真考完，只是在我要送她去上大學的時候吵架又開始了，她說沒有想再學什麼東西，也沒有特別想做的事，好在她好像對拍照有興趣，我哄著哄著才終於送她進大學的攝影學系。

女兒感覺對大學生活不感興趣，可能我管太多了吧，我設了宵禁、禁足的規定，像管一個青春期的孩子一樣限制她。但那時候真的沒辦法，因為我實在太害怕這孩子不知道什麼時候又會重新走上歪路。女兒就像在反抗我一樣，她不交朋友，也不去認識男朋友，有時間的時候都在家裡和小孩打混，如果我不推她一把，她什麼工作也不會去做。我真的不懂那孩子平常到底都在想什麼，不只是對未來沒有夢想、沒有計畫，看起來也沒有任何意志，明明整天被關在家裡，但還是一開口就只會說自己很累、什麼事都很麻煩。我們又開始吵架了，因為彼此的想法實在差太多，很難互相配合。她說我控制她的人生，讓她厭煩得要命，但卻也不像以前一樣隨便跑出去了，大概是在外面流浪過，才讓她明白配合我還是比較容易的事吧。

前年冬天她得了很嚴重的憂鬱症，只要不吃藥就會焦慮得不知道如何是好，還陷入了有人要來殺她的被害妄想中，所以我才會硬要她去祈禱院奉事，想也沒想過她會在那邊遇到李由尚這個詐欺犯。

我第一次見到那個人時，就覺得有哪裡不滿意了。他長得跟光溜溜的鵝卵石沒兩樣，我最不相信長得很有魅力的人了，誰知道那裡面藏了什麼心眼。但後來我還是只能放著不管，因為那個人到我家裡來以後，女兒狀態的好轉是有目共睹的，她再也不用吃藥，恐慌症的症狀也一起好轉了，還很認真去教會。既然這樣，就算他又窮又無能也好，我想這樣下去也不壞，反正交往一陣子也有可能會分手啊。但誰知道後來他們居然有想結婚的打算，我一反對，他們就離家出走了，要說她是我的孩子那還真是可怕，因為他們連跟我孫子都斷絕聯繫，那時候我還想說這次他們說不定真的不會再回來了。最後我只好自己認輸，因為比起失去女兒，我覺得接受那個什麼也不是的男人可能還比較好，就這樣我讓女兒結婚了，也把前夫留下來的遺產都交了出來。

他們結婚後不到一個禮拜，他就消失得無影無蹤。我女兒把他留下來的日記帶了回來，我翻了那些日記數十次以上，但還是沒辦法理解。他到底想説什麼呢？因為他的人生過得這麼辛酸，所以希望我們能理解他嗎？反正他沒有動我女兒的遺產，逃跑的時候就像在做什麼大善事一樣把錢留了下來，跟貓抓老鼠玩一陣子就丟掉一樣。然後就因為他沒有動什麼錢財，警察對搜查這件事看起來也沒有太大的興趣，就算要用詐欺罪治他也不是那麼恰當。那時候我幾乎是要瘋了，只是拚命想著要抓他回來殺掉才行。是我把妳的小説刊到新聞廣告上的，只要能找到關於他的一點線索，我赴湯蹈火都可以。後來反而是我女兒把抓狂成那樣的我給抓回來，我從來不知道她是那麼堅強的孩子，説實在還有點被嚇到，M失蹤後非常煎熬的女兒，一年後就從原地拍拍屁股站起來了。為了把事情收拾好，還跟我説想辦一場葬禮，説她沒辦法繼續邊等待一個不會回來的人，一邊繼續過日子，大概是因為我孫子吧，那個孩子真的很愛跟著M到處跑，每天都在門邊等他回來。

告別式一辦完，我和女兒的心情都整理得差不多了。過去的事就是過去的事，我撤銷了對M的告訴，也不再去找私人偵探或徵信社了。也不知道突然吹了什麼風，女兒說要考駕照，後來就買了一輛紅色小轎車，經常開車到處跑。我們沒有再聊過M的事情，我覺得這是最好的結局了，把過去埋葬掉，踏著這片土地繼續往下走。

女兒搬離家裡是一個月前的事了，但這次不像以前那樣因為心情不順才離家出走，她說她想要揮別一切重新開始，說需要一點時間來了解自己真正想要的是什麼，還說這段期間她逛了很多房子，好不容易才找到一處非常適合住的地方。她沒有講半句客套話說要找我一起去，這讓我有點不開心，但卻又能理解她。事情是這樣的，我其實很為那個孩子驕傲，在經歷過這些磨難以後，她比以前堅強多了，還說她有爸爸留下來的遺產就夠了，婉拒了我的幫忙。

「爸爸想的大概會跟我一樣吧。」

那時候我才能真正體會孩子即將離開我的事實。女兒和孫子一起一點一點打包了行李，在那輛紅色的小轎車上裝滿一整車的家當，最後兩人一起上車打開車窗向我揮手，說就算沒有聯絡也不要太擔心，要我相信她能夠好好度過這段時間的。

孩子們都離開後，我在空蕩蕩的房子裡想起了那天的清晨，那個下了雪的清晨，女兒回來的一大清早。當時我下定決心不要再犯一樣的錯誤，但最後卻還是把女兒給弄丟了。

您應該是來找我女兒的吧。真不好意思，我靈魂飄出去太久了，但就跟您看到的一樣，這裡只剩下我一個人而已，很快地就不會有人記得我在這裡的事了。如果您有我女兒的消息也請告訴我吧，我女兒是您的老書迷了，可以說她把您出版的書全都找來看過了，那孩子從來沒有告訴您嗎？

*

那年的冬天非常冷，十一月開始就降到零下的氣溫讓家裡的水管都凍住了。因為房子太老舊，暖氣不管怎麼開都還是能感覺到冷風從哪裡竄進來。我用棉被緊緊裹著自己，像冬眠的動物一樣睡著了，不管怎麼睡都還很睏，翻譯截稿日在即，但我幾乎沒有辦法展開進度，只好忙著閃躲出版社打來的催稿電話。

十二月第一週時，家裡收到一個用小紙盒裝的包裹，裡面裝的是我的小說《遇難船》的第一版印刷本。紙盒上沒有寄件人的名字，只留下寄件地址，第一眼看到時，儘管那個地名應該和我毫無淵源，但總覺得很眼熟，我努力想了一陣子才終於想起來，那是M和珍一起私奔時去過的小村莊。

我試著聯絡了珍，她沒有接電話，於是我馬上跑到她家找她，誰知道在那個空蕩蕩的家裡，只見到韓執事一個人孤零零出門迎接。韓執事的模樣很明顯比以前更加衰老，就好像歲月突然輾過她一般。根據韓執事所說，珍已經離開家了，走之前沒有留下任何聯絡方式和住址，所以沒有任何方法可以聯絡上她。我沒有告訴韓執事我收到包裹的事，包裹的寄件人可能是M，或者是珍，也有可能是他們一起寄的，我強烈覺得他們兩個人應該是在一起的，但一切都只是我的心證。

我一回到家就趕快收拾起行李。一聽說我臨時要去鄉下的事，先生擺出滿不在乎的表情，隨口問我發生什麼事。

「要去見某個人。」

先生跟我講明真相之後，我就沒辦法再好好面對他了。先生從頭到尾都知道我的不忠，他還為了要毀滅我，長期收集了各種證據——我在心中反反覆覆咀嚼了這件事好幾次，心裡一點憤怒的情緒都沒有，只是對這個事實非常訝異。我盯著在黑暗的夜色中睡著的先生看了好久，他的臉時而親切、時而陌生，不斷變換著。現在的我們沒辦法得到誰的原諒，畢竟不知道到底是誰該原諒誰呢？

到P市光是搭乘長途區間公車，就花了大半天的時間，在公車轉運站下車轉搭計程車時，司機一看到地址就皺起了眉頭，一副不情願的樣子。因為那是一個不算觀光地的郊外小村落，載一趟來回就要花掉半天時間，最後沒有辦法，我只好跟司機說好去回程都會搭他的車，對車費討價還價了一番才成行。經過了窗外閃閃發光的海洋，我在手上沒有任何線索的情況下就出發去找M和珍，雖然也問過自己到底是去找些什麼，但實在沒有任何答案。我總覺得他們會給我這個答案的——假如M和珍已經重新相逢，並且此刻就一起住在那個地方的話。

導航指出的點是在一處荒涼的村莊巷弄入口處，司機嘴裡嘟囔著停了車，告訴我再往前車子就不能過了，要我自己走路過去。根據導航畫面上閃爍的箭頭標示，感覺目的地並不遠。

「我沒辦法等太久，自己看著辦啊！」

我揹起背包，沿著狹窄的巷弄開始走。無論是披著厚大衣也好，或者穿著硬邦邦的皮鞋也好，用這樣的裝扮走這趟路都讓我後悔不已。眼前雖然有幾間老房子錯落著，但整體來說這裡仍是個籠罩著荒涼氣息的村落，石牆圍繞房子而建的典型農家房舍之間，一個人影也沒有。我只知道村落的名字，手邊沒有確切的地址，所以對該往哪個方向走完全沒有頭緒。

到底在附近徘徊了多久呢？後來我總算碰見一位拄著拐杖走來的老太太。我向這位老太太說明了珍和M的相貌和大概的穿著，問她最近村裡有沒有剛搬進來的年輕人。話音未落，老太婆就像非常清楚答案一樣向我點點頭，她示意我看向背後，從我們站的地方大約一百公尺處，有一間綠色屋頂的房子，房子的大門大大敞開著。

我不敢敲門或洩漏一點動靜，只能屏住呼吸往屋子裡頭看，這間房子和村莊裡的其他老屋不一樣，外觀看起來有經過一番打理。通往宅邸的小路鋪著灰色的鵝卵石，寬大的庭院涼床旁有幾棵銀杏樹，金黃色的秋葉高掛在上頭。建築物的外牆上有一幅壁畫，是橘紅色夕陽照射的海濱、海鷗和帆船，庭院一角停著的一輛兒童腳踏車和滑板車映入眼底。

這時候大門突然開了，有人從屋子裡走了出來，我像偷東西被發現的人一樣連忙躲到一旁。走出大門的人是珍，她好像剛聽到什麼好笑的事正在大笑著，隨後有人把手搭在她的肩膀上跟著從屋子內走了出來，一開始我看不出那人是誰……不，應該說我確實知道這個人，只是我不懂為什麼她會在這裡。

那是米瑞安，珍的同事，我也見過幾次。珍和米瑞安臉偎著臉，竊竊私語著什麼。她們手牽著手，腰間緊靠著，彼此交換帶著笑的眼神，這分明是戀人的樣子，絲毫沒有會讓人誤解的空間。我感覺自己的身體在顫抖，這時米瑞安發現了我，珍很晚才轉過身回頭看了我一眼，我真的不知道這時候應該擺出什麼樣的表情。

珍雖然有點驚訝，但臉上並沒有太多驚慌的神色，好像老早就充分預期過這個情況一樣，非常平靜地迎接我。

「我有想過老師您說不定會來找我。」

她直接走出大門外迎接我。

「請進，雖然小地方沒什麼可看的。」

我在她的帶領之下進到房子裡。比想像還要小的屋子被打理得井井有條，看得出她們簡樸生活的形狀。接著映入眼簾的是幾張照片，是珍和米瑞安在一起的照片，兩張臉鮮明又開朗，M則是完全不見蹤影，只有她們兩個人的存在。珍打從一開始就騙了我，也騙了所有人，現在該是真相大白的時候了。

「坐吧。」

珍把坐墊遞給我。

「……李誘墨現在在哪裡？」

我不給她好臉色地問道。

「不知道。」

珍回答得簡短。

「離開家以後就一次也沒聯絡過了。」

「這到底是怎麼一回事？……妳們之間是什麼關係？」

我不經意地冒出了粗啞的嗓音。

「我跟那個人是契約關係。」

「契約關係？」

「就是明訂責任以及相應代價的那種關係啊。」

珍默默承認了。

「我們說的是假結婚跟錢的事。」

我的膝蓋一軟，再也沒辦法站著，我在她稍早遞給我的坐墊上坐了下來。

「原來這是妳為了拿到遺產演的一齣戲。」

我為了確認事實，慢慢地吐出我的假設。

「但是為什麼要連我一起騙呢？」

「我怎麼能相信老師呢？」

珍若無其事地說。

「如果我把真相告訴妳，妳去跟我媽告狀的話，我該怎麼辦呢？您不知道我花了多少時間和努力去完成這件事。」

「那妳現在告訴我真相的原因是什麼……」

「因為全部都已經結束了。」

珍安靜地回答。

「我們很快就會離開這裡了，想說離開之前要告訴老師真相，畢竟您說過會寫書的嘛。」

這時外面傳來了敲門聲，是米瑞安端著茶進來，我雖然能看見她對我點頭示意，但我卻無法清楚看見這個女人的眼神。我們以前見過幾次面，但那時候和現在的她給人的感覺完全不同。她在珍的耳邊悄悄地說會和孩子待在一起，隨後就從房間出去了。橘子茶淡淡的香氣在空氣中飄著，珍緩緩在我眼前的茶杯裡倒了點茶。

「在這場詐騙戲碼裡面，李誘墨的片酬是多少？」

聽到我說這是一齣詐騙劇，珍的身體稍微顫抖了一下。

「我不覺得她只是因為錢才答應的，畢竟是我先幫那個人的，之後只是換成那個人來幫我而已，我覺得我們在彼此之間交換了各自需要的東西。」

她低下頭，像是在仔細回想以前的記憶。

「我在祈禱院碰到她的時候，她看起來就像死而復生的人一樣，身體乾瘦得不成人形，唯獨雙眼特別明亮，一眼就能看出她一定不是祈禱院裡的人。我把那個人偷偷藏起來，給她吃的東西，一直照顧到她終於恢復精神、可以重新站起來為止。一開始就只是那樣的關係而已，但是好不容易終於恢復精神的那個人，卻反而問我為什麼會在祈禱的時候哭得那麼傷心。」

珍喝了一口茶，繼續往下說。

「那時候我的憂鬱症很嚴重，連好好呼吸都很難受。會這樣大概是因為我在做一份收入實在不怎麼樣的工作、不能按照我自己的想法帶孩子、還要偷偷跟被我藏得好好的同志女友見面、連自己的爸爸是誰也不知道，一個人很孤單地長大……憂鬱的理由是找也找不完的，最後我只好全部怪罪在沒辦法脫離母親的依靠自力更生的緣故。我好想帶著孩子和女友跑得遠遠的，這樣的念頭我一天會想數十次，但這件事當然沒有那麼簡單。你有想過一對窮同志情侶想要帶著孩子過生活的話，有哪裡可以去嗎？我雖然有爸爸留給我的遺產，但那筆錢要在我結婚以後才能領得到，只是一個大餅而已。所以我就告訴她說連神都沒辦法幫我，但是她聽我這樣一說就很快回答說雖然她不是神，但她知道能幫到我的方法。」

她微微地笑了。

「我被她的故事嚇了一大跳，都是一些我不覺得有可能會發生的事，她說她做為女人出生，現在卻變成了男人，從她身上看得出來是真的有特別的天分，而且是能同時救我和米瑞安，以及孩子的才能。我覺得她的出現就是我長期祈禱所換來的回音。」

「妳只是利用了那個人而已。」

我打斷了珍的話，冷淡地脫口而出。

「老師就沒有這樣嗎？」

珍這麼問著我，眼神直直地盯著我看。

「如果不是這樣的話，為什麼會大老遠找來這裡呢？」

我不知道自己是怎麼沿著小路走回來的。我半死不活地走著，不小心摔了一跤，是腳不小心拐到了一下，失足踏進摻著薄冰的水窪滑倒的。寒氣穿過濕透的腳底和雙腿往上竄，不久後我就被凍得渾身顫抖。看著一拐一拐走回來的我，計程車司機不發一語，默默地幫我開了車門。

回到首爾時已經是深夜了，我走進車站附近的咖啡店點了杯咖啡，這是為了整理我的思緒，但是腦子裡卻亂糟糟的，沒辦法靜下心來好好思考。

我無法理解我心裡那種近乎痛苦的失落感來自於何處。我之前的確期盼她們兩人會一起待在那個地方，我想要親眼看到李誘墨回到珍身邊，終於來到她人生輝煌的那一刻。如果在她們的世界裡，救贖和回復是可能的，我也會這樣做，只是我太晚才意識到那些都是不可能實現的期盼。桌子對面的牆上掛著梵谷《奧維爾教堂》的復刻畫，我茫然地望著那座彷彿要往前傾倒、搖搖欲墜的教堂。

到家時已經接近午夜，按照原本的計畫我應該會在晚餐時間回到家才是，但是我比預期晚了許多。孩子和先生已經睡著了，我走進漆黑的家，躡手躡腳地走進廚房。當我脫下外套，裝水準備煮拉麵時，先生從房裡出來了。

「還沒睡嗎？」

「剛醒而已。」

我問他要不要吃拉麵，他很爽快地說好，隨後就在餐桌旁邊坐了下來。我從冰箱拿出一些蔥來切，我們什麼話也不說，一直到拉麵吃完，都沒有再說過一句話，靜悄悄的廚房裡只響著「呼嚕嚕、呼嚕嚕」的吃麵聲。因為正在一起面對面吃著滾燙的食物，我們看起來就像沒有任何問題的平凡夫妻，之前發生的事全都像謊言一樣，但是我們再也無法像這樣睜一隻眼閉一隻眼糊弄過活了。

「對不起。」

在吃得乾乾淨淨的空碗前，我對先生說。

「我一直都還沒有跟你道歉。包含騙了你的事、沒有顧好自己本分的事，還有害我們全部變成現在這樣的事。」

他看了我好一陣子才低下頭。

「這不是我們任何人的錯，也不是需要道歉的事。」

「我不愛你。」

在粗啞的聲音中，我這樣說。

「明明我是愛過你的，但從某個時候開始，這份愛就消失了。我可能沒有當太太和母親的資質吧，我之前沒辦法接受這個事實都是因為很害怕的關係。就是因為這樣，所以才騙了你、也說了謊。」

我哽咽得再也說不下去，先生把手放在我擺在桌上的手上，像這樣的肢體接觸已經很久沒有發生了，在那個陌生的觸覺刺激下，我的淚水莫名地傾瀉而出。

「沒關係。」

他用一雙大手輕輕拍著我的手。

「不用再說了，沒關係。」

我們就這樣一起待了一會兒，但我們都知道凌晨時分很快就會過去，也很清楚到了那個時候，我們就必須回到各自的崗位上。

10 零的可行性

「長久以來我一直懇切盼望的只有一件事，那就是能徹底忘記真正的我是誰，也就是相信我的喬裝和謊言都是事實，即使會落入神經錯亂的境地也無所謂。因為如果能這樣下去，就不用經歷很多次死亡了，即使是幻象和虛無也有立足之地。只是在欺騙大家時我也是知道的，這只是我的舞臺，那些看起來美好的事物也不過只是道具而已。」

M在日記的最後這樣寫道。那些日記也已經被證實是假的了，那是M為了製造不在場證明所留下的紀錄，哪怕是以後才被發現也好，為了不讓韓執事對整件事起疑心，這本能夠呈現事件前後脈絡的日記是不可或缺的證據。珍和M兩人共同演出的愛情故事讓所有人都上當了，其實也不需要特別費什麼心思，因為面對愛情故事，人們大多已經做好了沉浸在其中的準備，那是最簡便的麻醉藥，這讓他們輕易完成了這齣詐欺劇。但是不管是哪種騙局都需要有真實做為擔保，因為如果不這樣做，人們就不會那麼容易上當，M的日記就是這回事，M所記錄的每一天都有李誘墨的影子。

我很能理解那種說謊的心情，我知道即使是在把自己排除在真相之外、幫自己打上「騙子」的烙印，或是被困在黑暗潮濕的自我厭惡泥沼中時，心裡也會有種小小的快感。也許就是因為這個原因，我才會對李誘墨產生興趣，是那種覺得我們可能是同種人的好奇心和恐懼把我拉到她的身邊，但現在的我卻連她到底是誰都猜不出來。

從P市回來以後，我就病了一陣子，我在藥中昏昏沉沉地睡了好幾天，額頭上感覺有人放了一雙冰涼的手，讓我凍得渾身直發抖。幾天後的某個清晨，我才終於從睡夢中驚醒，房間裡籠罩著日出前一刻的迷濛白光，我頭重腳輕，邁開不穩的步伐來到鏡子前，那個面容枯槁的女人臉上只剩下目光炯炯有神。我突然意識到一切都變了，說不定在患了高燒以後，我身體內有某種東西也跟著蒸發消失掉了。

當我說要把工作室收掉時，先生也主動說要幫我，讓我嚇了好大一大跳，但不管怎麼說，我無法阻止他的好意，穿著牛仔褲搭配大學T的先生看起來就跟以前沒兩樣，像個慎重卻不得要領的留學生。我們戴著舊棉手套，把那間房間裡的所有家具都一一搬出來清理，先生的態度既不急，也不拖泥帶水，我們一杯水也沒喝、一句話也沒說，只是冷靜地把整間套房一點一點清空。

「仔細看一下有沒有漏掉什麼東西吧。」

我們把窗戶擦乾淨，在離開那間房子前，先生叮囑我。搬家工人開著載著行李的卡車離開以後，我和他搭上轎車。他發動引擎，頭稍稍向後靠著閉上了眼睛。我問他還好嗎，他回說只是有點累而已，我說這本來就是我自己一個人來就好的事，你原本不用來的，他聽了什麼話也沒說，閉著眼睛好一會兒，好不容易才突然挺直身子，從排檔旁邊的置物櫃取出了人工淚液。他說因為乾眼症的關係，他最近一直覺得眼前視線很亮，看不太清楚前方的視線。他一邊說，人工淚液也一邊不停從眼裡流下來。下班通勤時間的市區道路上擠滿車子，我們討論了女兒學校即將舉行的聖誕節發表會、孩子擔任的話劇角色和舞臺服裝等雜事，停紅燈的時候他就會頻頻用手揉眼皮。

到家後，我們叫了外送的中式餐點來吃，每樣食物都又甜又油膩。一整天都交給保母照顧的女兒板著臉啃著食物，儘管先生努力開了一個難笑的笑話，但誰也沒笑。吃完晚飯收拾好餐桌，我削了兩個蘋果，先生和女兒正單獨待在女兒房間裡聊天。我一進房門兩人就突然不說話了，我把裝著蘋果的盤子放在他們面前就離開了房間。

過了一陣子，先生從孩子的房裡走出來，一個人跑到陽臺上抽菸。黑暗中閃爍的紅光在虛空中盤旋，可能因為外頭颳著大風的關係，窗外的樹木看起來搖搖欲墜。他看起來就像是急切等著什麼的人，我沿著他的視線一起望向那冰冷而遙遠的黑暗。

「我先走了。」

先生拿起原本掛在衣架上的外套，我一路送他到玄關。

先生收拾好自己的行李搬出這個家，已經是一個禮拜前的事了。女兒對我們決定分手的事大力反對，但是先生在緊鎖的小孩房前面猶豫了一會兒，最後還是離開了。我在樓上遠遠目送他開車離開的身影。

離婚手續辦完以後，先生把這間貸款了一半以上的房子留給了我，條件是我之後不會再跟他拿任何一筆贍養費。離婚清算結束以後，我們之間就再也沒有瓜葛了。和上次不同的是，這次先生沒有留下任何東西，他把放在客廳和房間各處的書和書桌都載走之後，整間房子突然大大地冷清了起來。我以前沒有夢過任何先生出現的夢，現在卻經常夢到。在夢中我們會一起帶著年紀還小的女兒去公園野餐，在暖洋洋的春光裡吃便當、輕輕地擁抱彼此、一起看著女兒開心地大笑。從夢裡醒來時心口總是忍不住發癢，但我還是沒有跟他聯繫，在一週至少會打來一次的問候電話也斷了以後，我們就完全變成陌生人了。

我們其實是有機會再努力一點的，也可以放任時間過去、等待散落的事物都回到原本的位置，或者等到以後回首往事時，再坦然說這一切都是人生的必經過程。但是我們終究沒有那樣做，我們選擇一次砍斷所有人生的可能性，選擇像座禿山一樣面對光溜溜的自己。這不是因為我們不相信人生，而是因為除了這個選擇以外，我們找不到能夠回復如初的那條路，因為如果沒辦法回到最一開始的時候，我們就永遠無法重新開始。

先生開著轎車離開之後，我敲了敲女兒的房門，女兒把棉被蓋過頭頂，即使叫了名字也沒有回應。

「我們要不要去客廳一起搭聖誕樹？」

我坐在床緣問她。

「我們剛搬來這裡的第一年就說想要搭聖誕樹了，但之前每次都有事對不對？不是有誰離開家、得重感冒，就是突然有什麼別的事情要做。今年不管有什麼事都不要再拖了，一起搭聖誕樹吧！」

孩子什麼話也沒說，在棉被下的小身體重重地喘氣著。

「我知道妳因為跟爸爸分開很難過。」

我悄聲對孩子說。

「我在很久以前也跟很重要的人分開過，就跟妳一樣被我深深愛過、跟妳一樣很小又漂亮的人。我跟那個人分開以後就比以前還要脆弱，也變成整天垂頭喪氣的人。但那並不是什麼壞事唷，因為在我的人生裡面一直都有那個人的位置。」

孩子還是沒說話，當我準備起身出去時，孩子才終於在棉被下用哽咽的聲音說：

「現在做聖誕樹太晚了。」

孩子從棉被中露出一點泛紅的臉。

「聖誕節剩下不到一個禮拜就到了。」

「又沒有關係，妳跟我喜歡就好了呀！」

「那什麼時候要做？」

「現在，就是現在！」

我是在聖誕節隔天出生的，距離預產期還有好久，因為爸媽完全沒想過會發生什麼事，於是當時正好到江原道老家探親的爸媽，只好在鄉下的一家小醫院把我生了下來，還因為沒有另外準備任何產後用品，只好隨便用家裡的毯子裹著新生兒就把我帶回家了。那時候雪下得很大，夫婦倆小心翼翼地抱著我走在車子無法通行的山路上。空無一人的深山中、寂靜的大清早、下著白雪的四周，以及懷裡抱著新生兒的年輕夫妻……後來每到我生日的時候，爸媽就會說那天發生的事，那是他們兩人說起時，唯一不會起紛爭或歧異的一段回憶。

雖然離婚手續結束了，但父親和母親之間還留下一些解決不了的情感殘渣，兩個人之間完全沒有餘地可以讓他們發展成好萊塢式的朋友關係，這也就等於以後我得像喜鵲一樣把話傳過來傳過去才行。

我在生日前一天和爸爸一起吃了晚飯，再前一天則是和母親一起。他們兩個人都裝作若無其事，但還是隱隱約約好奇對方消息的樣子。母親打算考一張營養師執照，父親聽完以後忍不住咋舌，說那點事能夠用來餬口嗎；父親則是重新整修了書房，在裡頭珍藏了數百本藏書，聽完這話的母親大大嘆氣，連聲抱怨說幾乎是死而復生的癌末患者哪會有什麼閒情逸致看書。現在把兩個人徹底隔開來看才讓人好生訝異，這兩個人以前到底是怎麼一起度過這麼長的時間的。

對於先生沒有一起同行這件事，我對父母分別用不同的謊言來搪塞。和爸爸不同的是，母親像是察覺了什麼一般，表情起了微妙的變化，但是在那之後就沒有向我問起他的任何事。吃過晚飯以後，我在母親的套房廚房裡幫她洗碗。

「妳現在不寫小說了嗎？」

就像剛剛才想到一樣，媽若無其事地問道。

「幹嘛問？」

「……想看呀。」

媽漫不經心地落下這句話後洗了手。

回到家以後，我試著把《遇難船》從頭到尾讀了一遍。想起了好久以前寫那部小說的回憶，那部小說是當時的我急於抒發沸騰情感的拙作，但是在這種不成熟的情感背後有著可以把這種情緒寫成文字的信念，也有相信一切不會白費的自信。我用手撫摸著刻印在黑色封面上的雪白螺旋光芒，那既是在海底深處沉潛的船上所掛著的白帆陰影，也是那唯一一個拿起這本被遺棄的書的人所留下的共鳴，抑或是在無盡的失敗之餘，重新開始的零號起跑線。

＊

M的名字應該取作什麼才好呢？我還是沒有想法。叫他「李誘墨」好像不太像在說那個人，用「李由尚」來稱呼又感覺自己好像瞞了什麼，好像是我在騙人。老師您說過我只是利用了那個人而已對不對，那時候我雖然很生氣，但重新想過以後，我也覺得好像不能否認老師的那句話，那也就是我一直猶豫，不知道該用什麼名字叫他的原因吧。

我們其實不是朋友，雖然一起生活了一年左右，也看過彼此不能給別人看的陰暗面，但我們從來不是朋友。這樣說的話，我們到底是什麼關係呢？我到很晚才決定問自己這個問題。

在遇到那個人以前，我總覺得我的人生是轉錯的魔術方塊，不知道從什麼時候開始就一直認為自己是失敗者，一直用那樣的心態過生活。我媽對我有很多期待，但我一次也達不到她要的那個標準，雖然我曾經用力掙扎，努力想接近那個目標，但每次都讓我媽失望，最後就一點一點放棄了。十幾歲的時候，我動不動想到就離家出走，像吃飯一樣頻繁，想照我想要的過自己的日子。我對生命一點執著也沒有，就覺得大概過一過，時候到了就結束這樣而已。

我會回家都是因為孩子的關係。我這輩子恨透男人了，但是在外面流浪的時候，不小心懷了自己不想要的小孩，因為真的不知道該怎麼跟小孩一起過生活，我能做的也只是回家找媽媽而已。我不是在埋怨自己的小孩，只是在那時候我已經有在街頭打地鋪的經驗，非常清楚回去依靠母親的生活會好很多。反正回到那個家以後我就一直戴著面具，心裡什麼願望和希望都沒有，只是每天按照媽媽的規矩撐下去而已，就好像戀人和小偷相遇的故事一樣，每天都戰戰兢兢地幫每一天的日子續命。去祈禱院奉事的時候，我基本上就只是一個會動的屍體而已，沒想到會在那裡遇到表情和我一樣的人，我也不知道那個人後來會為我的人生帶來天翻地覆的改變。

M，那個人是天生的說謊精，他很會說話表達自己，也很會隱藏自己的真實情緒，雖然看起來是一個非常外向善於外交的人，但其實他很少談論自己的事，只在自己定下的嚴格規則內行動，只要遇到他沒計算好的情況就會特別避開。我在想這都是因為他擔心身分會被揭穿而有的舉動吧，他從來沒有在我面前放鬆過，但與其說他是把一切準備得細密周延才會這樣，在我看來，倒不如說是他不清楚該怎麼在放鬆的情況下和別人建立任何關係。我其實覺得無所謂，只要他能好好扮演自己的角色就好，畢竟我並不是需要朋友才跟他往來的。

我想妳應該知道有段時間我們兩個人一起離家出走過，就只有我們兩個人。那時候的我們就像在換幕之間在舞臺後方等候的演員一樣，暫時脫離了彼此扮演的角色，感覺就如同暫時拋掉大量劇本和後臺指示一樣，在那裡我們不需要說謊，不需要擺上虛假的笑容和姿態，在行動之前也不用先確定動線。但也正因為這樣，我們之間完全斷絕了對話，最後這種沉默讓我覺得非常困惑。

在那個空房裡一起度過的半個多月裡，我們各自在自己的房間裡過生活。那個人最喜歡散步了，經常走很長一段時間，距離遠到讓人吃驚，而且還不是那種環顧四周風景、走得很悠閒的那種散步，而是邁開很大的步伐，看著地面像競走一樣快走。有時候看起來好像是埋頭在思考著某種想法，有時候看起來像是沒有任何念頭。他一個人的時候特別像是一個人體模型，好像整個人失去了所有生氣。

那個人只有對我說過一次以前的事。當我們在公園看著孩子練習騎腳踏車的時候，他突然告訴我他小時候的別名：安娜絲塔莎，他說的時候發音還拉得特別長，彷彿正在一邊解開那個名字上所糾纏的過去。我靜靜等他說下一件事，但故事就這樣結束了，那個人茫然若失地遙望著天空，嘴巴緊緊閉著不再說話。

我沒有辦法理解當年有著安娜絲塔莎這個別名的少女是怎麼搖身一變成為M的，但我那時候對他也沒有特別感到好奇，這一切反而都能從他離開後留下的日記中讀到。那個人為了做出不在場證明留下那本日記，只是裡頭有好一大半是事實，也有好一大半造假。很奇怪的是，我覺得他的故事就好像我自己的故事，即使我沒有跟他經歷過同樣的事，也沒有想過要變成男人，但也許是因為某種對生命的厭惡吧，我們的胸膛中間都有一個貫穿胸口的黑色大洞，這讓我們兩個有著一模一樣的面孔。

我曾經一度覺得我眼前的所有道路都被堵住了，這樣的念頭讓我失去意志停滯不前，但是在他出現為我開闢一條新的路之後，我才知道原本被堵住的牆後面還有另一個世界，這時我才能從原本癱坐的地方站起來再次往前走。夢想和未來，我以前都沒有想過這些事，我從來沒有過自己的人生，不管是詐欺、陰謀也好，耍花招也好，先不管應該怎麼說明這件事，但總之我都是因為他才能從頭開始過自己的人生，知道在一生中能與相愛的人一起吃吃喝喝、手牽著手睡著是多麼重要的一件事，這些就是M送給我的禮物。

決定搬離開家不是那麼容易的決定，我知道以後如果真相被公開了，母親不知道會受到多麼大的傷害，但這是無法避免的決定，因為我也非常清楚知道我永遠都不會獲得母親的理解。直到現在，我都是瞞著母親過日子的，我從來沒有機會誠實表達真正想要的是什麼、讓我開心的又是什麼，所以不知不覺間，連我自己，和母親都一起變得不幸。希望下次有機會見到母親時，我能無所畏懼地展現我自己。米瑞安和我，以及我們的孩子，我們都希望總有一天，還有機會一起見到母親。

現在我和孩子一起在這個廢宅的樹蔭下寫這封信。我們很快就要離開這裡了，雖然無法預測接下來會發生什麼事，但是我們的心情比以前任何時候都還要滿足。我現在才明白，幸福這件事其實是很接近那種無法理解的樂觀和希望的，以後如果有機會拜讀老師您的小說，我說不定就能領悟這個快樂的根源到底是什麼。

M現在到底在哪裡？老師您曾這樣問過我對吧？其實那也是我想問的問題，那個人到底是誰？離開我們之後他到底去了哪裡，我也一直很好奇這些問題的答案。在我們分開以前，我問過他同樣的問題，他聳聳肩說自己也不太清楚，當他步履蹣跚地走出房子時，我曾急忙叫住他。他停下了腳步，看起來就好像有什麼話忘記說一樣，然而他最後還是什麼話也沒有說。M的臉上微微漾起笑容，隨後就收起笑容離開了那間房子，那就是我們最後一次的告別。

我跟他住在同一間屋簷下時一起用同一間房間，我們名義上是夫妻，但實質的關係卻是共犯。我拍了幾百張他的照片，其中幾張還掛在牆上，但是到了現在我卻記不太清那個人的臉了。很奇怪的，他的臉沒有任何特別的特徵，經常只要換個表情，整個人就換了種氛圍。那個人究竟是誰呢？是我的救星嗎？還是機靈的騙子呢？不管怎麼樣，M，那是我記憶裡唯一的名字，他是小說家，俄羅斯傳教士的兒子，喜歡獨自一個人長途快走的神秘男子。

＊

到了春天，我才終於完成了一直拖延的翻譯原稿，出版社問我還要不要接下一個案子，我欣然同意。只要是能賺到錢的工作我什麼都不挑。我也試著聯絡那些之前失去聯繫的前後輩，希望他們能幫忙介紹講課或撰稿等工作，但沒有人爽快答應給我任何職位，到後來我連那些平常想都想不到的零工也會主動出來爭取，每天晚上回到家時都累得筋疲力竭。原本宛如牙齒掉光般東缺一塊西缺一塊的家，在這段期間也漸漸被我和孩子的東西亂七八糟地填滿了。

三月時，孩子入學了。每天早上叫醒女兒、送她到學校就是我一天裡的第一件事，儘管女兒在車裡總是很開心，嘰嘰喳喳說著話，到了校門口發現朋友後卻會頭也不回地跑過去。我盯著那孩子跑遠的背影好一段時間，孩子最終會領先於我，而像現在這樣看著她的後腦勺遠遠離去的日子，就會成為我的人生，就如同我對媽媽那樣。她很快就會忘了我的。我遠遠聽見女兒和朋友一起笑鬧的笑聲，不一會兒，我把車掉頭，駛離學校前方的窄巷。

星期一早上的咖啡館「二樓」沒有什麼人。我坐在窗前，像在等著什麼人似地頻頻往街上看，但是沒有人會來找我，我獨自一人，也是為了一個人待著才會來到這裡。沒過多久，一個年輕的男店員端來了咖啡，我向那個店員打了聲招呼，稍稍聊了關於晨間新聞和天氣的閒話。

最近我除了每天早上都會在這家咖啡館喝咖啡之外，那位少年對我一無所知。咖啡館裡為數不多的客人都一樣，我們都對彼此一無所知，也對彼此不認識彼此這件事深感安慰，就保持這樣的狀態待在同一個空間裡。隨時可以聽見有人放下湯匙和叉子、翻閱紙張、喃喃自語著某種外文、翻找包包、東西掉到地板上、深深嘆氣的各種聲音，這些聲音在某個瞬間被揉成一團，最終消失得無影無蹤。我喝了一口咖啡，打開了放在桌上的筆電，因為是很舊的機型了，光是開機就花了不少時間，過了一會兒，上頭才出現了一個白色的視窗。

我已經盯著那個白色的視窗好幾天了，但什麼也沒辦法做。要寫什麼、該怎麼寫，我的腦筋裡只剩下一片空白。我到頭來還是無法理解李誘墨、李由尚、M，因為這種由謊言和欺瞞組織的人生漏洞百出，無論如何都不能被正當化。儘管如此，每天上午我還是會去咖啡館「二樓」守護我的位置幾個小時，雖然應該要馬上找到能賺錢的工作，才能籌措孩子和我的生活費、整修老房子的費用，但是對我來說寫作這件事卻更為懇切。我連日盯著虛空般的白色視窗試圖努力，從座位上站起來時，全身都像濕透的海綿般沉重。

大概過了多久呢？正在發呆陷入沉思的我，因為有人經過把咖啡撞到地上而回神，咖啡杯裡殘留的一點咖啡灑在桌上。我「哎呀」驚叫了一聲，很快把筆電高高舉起，闖禍的男子顯得很不好意思，不知所措地去找東西來擦，這時咖啡館裡的人紛紛向我投來視線，我尷尬地轉過頭，和一位遠遠望著我的女人對到目光。女人的個頭很高，留著咖啡色的短髮，身上穿著藏青色的針織衫，因為距離太遠的緣故，我看不太清楚她的臉，但不知怎麼的，那個面孔讓我覺得有些面熟。那名女子從我這頭移開了視線，接過咖啡之後就快步離開了咖啡館。

我懷著莫名的衝動從座位上急忙起身。

「那個！請等一下！」

我聲音急切地在她身後叫著，但女人卻頭也不回地走了，我跟在她身後急急忙忙地快走起來，最後開始小跑步，但不管怎麼樣都無法縮短我和她的距離。那女人的衣角在行人之間翻滾，彷彿在海浪上漂流的浮標若隱若現。女人一路走到蜿蜒曲折的馬路盡頭，接著轉向一旁的停車場，汽車擋風玻璃密密麻麻，我被反射在擋風玻璃的三月陽光刺痛了眼睛。只看見女人開門坐進一輛老舊的中型轎車，一上車就很快發動引擎把車開了出去，我喘著大氣在那裡停下了腳步，從打開的車窗看到了那個女人的側臉。那一刻我突然有種感覺——那個人說不定是個男人，他的鼻梁和嘴形輪廓是這樣告訴我的。說實在話，我沒辦法確定到底應該押男人還是女人。有一刻他好像看向我這頭一眼，但下一刻車子已經開走了，我茫然地望著那輛快速開離的車，車尾燈閃爍著。我的身後響起了隆隆的警笛聲，再過一會兒，我連他的臉長什麼樣子都記不起來了。

走回咖啡店的我腳步踉蹌，感覺似乎一時被某種東西震懾住，心情特別虛無縹緲。被我拋下的東西依舊四散在原地，稍早被灑到桌上的咖啡，此時已經被擦拭得乾乾淨淨，筆電上的白色視窗一如往常飄浮在虛空中。我拉近椅子坐在桌子旁邊，開始寫起那個女人，或是那個男人。像是緊緊跟在那人身後似地，我動筆寫起了文章，實在太久沒寫了，連手都在發抖。

第一句話最難了，總是如此。我寫了又刪，刪了又寫、寫、刪除、再重寫、再刪除，直到刪除的速度幾乎比寫還要快時，上頭偶然留下了一句話，我歪著頭讀了第一句，又往下一句寫了下去，黑色的活字看起來像是刻下來的腳印，文字既粗糙又鬆散，到了令人羞愧的地步。但我沒有停下來，儘管這讓我特別不舒服和陌生，我仍然故作姿態，對那些感受視而不見。白色視窗沒有把我推開，在被接受的喜悅下我更深入地往前開鑿下去，速度越來越快。在輕薄鍵盤上敲擊的觸感以及喜悅，透過雙手擴散到全身。

星期一的上午，陽光透過咖啡館二樓的透明窗戶灑落，迎來了又長又溫暖的光芒。

作者的話

兩年前的春天，我在自家公寓附近找到一間工作室，打開窗戶就可以看到女兒幼稚園的一角。從那時候開始，公寓、幼稚園、工作室這三點一線就成了我日常的全部。對我來說比起待在這三點其中一處的時間，在這三點之間走過的路讓我更印象深刻，在那些路途的某一處，這本書應運而生。

我一直很在意愛說謊的人和詐欺犯，我好像曾經擁有過他們所懷抱的虛榮夢想和徒勞慾望，甜蜜而苦澀，我以為我了解他們，也曾經覺得我就是他們，我總是在那種錯覺，或者那些錯覺與真實的縫隙間寫故事，直到最後才懂，我其實對他們的一切一無所知。

這是我的第三本長篇小說。當然如果第二本比第一本好、第三本又寫得比第二本好的話，那是再好也不過的事，只可惜在寫作這份工作裡並沒有這樣的定律，每一次都得從頭開始才行。所以對我來說，我此刻最需要的就只有體力——腿部力量和肌肉的健壯，因為這讓我能隨時重新出發，畫出一個又大又鮮明的三角形，至於其他的就只能交給上天安排了。我偶然抬起頭往天空看，一朵蓬鬆的白雲緩緩飄過頭頂，天空多麼澄淨，是清涼的秋天了。

二〇一七年十月

鄭韓雅

國家圖書館出版品預行編目資料

親密陌生人 / 鄭韓雅 著；黃子玲 譯.--初版.--
臺北市：皇冠. 2023.11
面；公分. --（皇冠叢書；第5125種）
（故事森林；01）
譯自：친밀한 이방인

ISBN 978-957-33-4085-0(平裝)

862.57 112017286

皇冠叢書第5125種
故事森林 01

親密陌生人

친밀한 이방인

作　　者—鄭韓雅
譯　　者—黃子玲
發 行 人—平　雲
出版發行—皇冠文化出版有限公司
臺北市敦化北路120巷50號
電話◎02-27168888
郵撥帳號◎15261516號
皇冠出版社(香港)有限公司
香港銅鑼灣道180號百樂商業中心
19字樓1903室
電話◎2529-1778　傳真◎2527-0904
總 編 輯—許婷婷
責任編輯—黃雅群
美術設計—嚴昱琳
行銷企劃—鄭雅方
著作完成日期—2017年
初版一刷日期—2023年11月

法律顧問—王惠光律師

讀者服務傳真專線◎02-27150507
電腦編號◎592001
ISBN◎978-957-33-4085-0
Printed in Taiwan
本書定價◎新臺幣380元/港幣127元